재조일본인이 본 조선인의 심상 1

『조선(만한)지실업』과『조선공론』의 조선문예물 번역집

재조일본인이 본 조선인의 심상 1

『조선(만한)지실업』과 『조선공론』의 조선문예물 번역집

김효순 · 임다함 편역

역락

• 역자 서문 •

식민지시기 조선문예물의 번역사에 있어 한일병합(1910년)을 전후한 시기는, 조선을 강제병합한 일본이 조선총독부를 설치하여 천황의 지휘 하에 입법, 행정, 사법, 군사 통솔권을 장악한 시기이며, 이러한 조선지배강화에 의해 재조일본인의 수가 급증한 시기이다.

초대 총독 데라우치寺內正毅는 우리 민족에게 이성이 발달할 수 있는 교육기회를 주지 않는 것을 교육방침으로 삼아 일본어 교육강화 정책을 펴고, 조선어 및 한문시간 외에는 일본어로 교육을 실시하였다. 조선인들의 교육은 일본신민화日本臣民化의 토대가 되는 일본어의 보급, 이른바 충량忠良한 제국 신민과 그들의 부림을 잘 받는 실용적인 근로인·하급관리·사무원 양성을 목적으로 하는 것으로 한정되었다. 그럼에도 불구하고 조선총독부는 강점 직후 실질적으로 조선인을 교육하거나 조선인을 대상으로 행정업무를 담당해야 하는 일본인 교육자, 관리를 대상으로 한 조선어 강습을 실시하였다. 이는 조선어를 '보조적 의사소통 수단'으로 인식했기 때문이다. 그러나 정치, 치안유지를 위한 경찰 업무 등에서는 조선어를 사용하지 않았다. 그렇기 때문에 강점 초기 실질적으로 조선인을 통치하는 데에는 어려움이 따르게 되었다. 특히 강점 초기 일본어 해득자가 0.5%에 불과한 현실에서 일본어만으로 식민지의 교육과 행정을 처리하기에는 어려움이 있었다.

이와 같은 어문 및 교육 정책과 동시에 급증한 재조일본인들이 정착하는 데 직접적으로 필요한 조선의 민족성, 풍속, 습관 등에 관한 정보를 소개하기 위해 일본어 종합잡지『조선만한지실업朝鮮(滿韓)之實業』(1905~1914), 『조선朝鮮』(1908. 3~1912. 12), 『조선공론朝鮮公論』(1913~1944) 등이 창간되었다. 이들 잡지에는 <문예란>이 설치되었고, 그곳에는 한문, 한시, 소품, 소설을 물론이고 하이쿠, 단가, 센류 등 일본 전통 문학장르가 중심적으로 지면을 차지했다. 동시에 그 안에는 조선의 역사적 일화나 우스갯거리, 기담, 민담, 세시풍속 등이 다수 게재되어 있는데, 이는 조선사회와의 교류, 식민생활의 정착에 필요한 정보로서 조선사회의 실상, 풍속, 사상 등을 전달하는 것이 목적이었다.

그런데 이와 같은 글들은 있는 그대로 번역된 것이 아니라, 번역자의 의도에 의해 선택되고 해석되고 재배치되는 과정을

거친 것이었다. 그러한 재조일본인의 선택과 해설과 재배치에
는 제국주의적 시선이 바탕에 있겠지만, 우리가 알지 못했던
혹은 당연한 것으로 여겼던 조선의 사람이나 문화 등의 특수
성이 생생하게 드러나고 있어 흥미롭다. 본서는 역자가 그동
안 식민지시기 일본어로 번역된 조선문예물을 연구하는 과정
에서 언젠가 한국 독자에게 소개하기 위해 정리해 두었던
『조선만한지실업』(1905-1914), 『조선공론』(1913-1944)에 게재된 조선
의 일화, 소화笑話, 기담 등을 번역한 것이다.

　『조선지실업』은 1905년 5월 우치다 다케사부로內田竹三郎에
의해 부산에서 창간된 조선실업협회의 기관지이다. 1907년 12월
까지 제30호를 간행한 후, 1908년부터는 잡지명을 『만한지실
업』으로 개명하여 1914년 12월까지 제94호가 발행된다. 발행
목적을 '한반도가 우리의 보호세력범위에 들었으니… 신중한
방침과 면밀한 연구, 큰 각오로 한국의 부원富源 개발에 힘써야
한다'고 하며, '한국부원을 개발하고 모국과 각종사업의 연락
을 원만하고 민활하게 할 것을 목적으로 한다'(「조선실업협회 취지
朝鮮實業協會趣旨」, 『조선지실업』 제1호, 1905. 5)라고 밝히고 있듯이, 경
제잡지의 성격을 띠고 있다. 지면구성은 사설, 논설, 평론, 인
물월단人物月旦, 사전史傳, 문원文苑, 잡록, 조사통계, 특별조사 등
으로 구성되어 있어 종합잡지의 형태를 띠고 있고 문예란까지

갖추고 있다.

이와 같은 『조선지실업』에는 요시무라 신지吉村眞治의 「조선지풍속朝鮮之風俗」(『조선지실업』 제1호, 1905. 5), 미에다三枝生의 「한국 하등의 민정韓國下等の民情」(『조선지실업』 제4호, 1905. 8), 쇼난湘南의 「한국풍속인정韓國風俗人情」(『조선지실업』 제5호, 1905. 9) 등 한국으로 건너와 사업을 하는 데 필요한 정보 차원에서 한국의 풍속을 소개하는 내용이 다수 게재되어 있다. 또한 로손蘆村의 「조선경영의 노래朝鮮経営の歌」(『조선지실업』 제3호, 1905. 7), 계림어부鷄林漁夫의 「한해어업의 노래韓海漁業の歌」 『조선지실업』(제7호, 1905. 11)등과 같은 시는, 제목에서도 알 수 있듯이 도한을 장려하거나 동양어업권을 얻기 위해 일본 어부들에게 분발하라고 촉구하는 내용의 창작시이다. 특히 계림어부는 필명이지만, 노래의 화자가 조선에 진출한 일본인 어부로 파악되어 흥미롭다.

『만한지실업』으로 개명한 후부터 종간까지 즉 1909년부터 1914년까지는 한국의 가요시조, 「한국소화韓國笑話」, 「조선기문朝鮮奇聞」, 「조선고담朝鮮古譚」 등 다수의 조선문예물이 <잡록> 혹은 <문원>란에 게재되고 있다. 이 역시 주로 야담이나 전설, 민담 등으로 조선에서 활동하는 일본인들에게 직접적으로 필요한 조선인의 민족성, 풍속, 습관 등에 관한 정보를 소개하는 측면이 강하다.

이와 같이 식민경영에 직접적으로 필요한 정보로서의 성격이 강하기 때문에 『만한지실업』의 번역은 내용 전달에 주안을 두는 번역방법을 취하고 있다. 예를 들어 「조선 이가의 직역朝鮮里歌の直譯」(第95號, 1914. 1)은 조선의 이가 즉 시조를 번역한 것이지만, 음수율을 무시하고 산문적으로 직역하는 방법을 취하고 있다. 더 흥미로운 것은 「조선기문朝鮮奇聞」(第94號, 1913. 12)이후부터는 일일이 이야기마다 역자의 해설, 주, 평주 등의 내용을 추가하며 조선민족의 민족성, 풍속, 습관 등의 특징을 분석하고 있다는 점이다. 예를 들어 「조선기문집朝鮮奇聞集」(第91號, 1913. 9)은, 삼남 지방에 있던 김영남이라는 사람이 돈은 많으나 관리가 되지 못한 것을 한으로 여겨 경성에 올라와 갖은 고생을 하다가 기지를 발휘하여 벼슬을 얻는 이야기인데, 기자는 다음과 같은 작품 해설을 부기한다.

<기자 부기함>
이 이야기는 황당무계한 옛날이야기에 지나지 않는다. 하지만 이는 조선 풍속의 일부이다.
* 관직은 조선인의 생명이다. 관직에 3년만 있으면 자손의 안락이 보장된다고 하니 관리의 수렴收斂이 어떠했는지 미루어 알 수 있다.
* 매관의 법도 조선에서는 결코 이상한 일이 아니다. 당연

한 일로 오히려 그렇게 하지 않는 것이 이례이다.

　* 언사에만 능하고 약속을 지키지 않는다. 이 역시 조선인의 악습관이다. 외교에 능하다는 말은 곧 이를 두고 하는 말이다. 무사에게 이언二言이 없다는 말은 조선인에게서는 바랄 수 없다. 설령 양반이라 해도 마음을 놓을 수 없다. 아니 오히려 상인에게 더 신뢰가 간다.

　* 풍자풍간諷刺諷諫, 이 역시 조선인의 특기이다. 정면에서 일도양단, 단도직입적인 말은 절대 하지 않는다. 적으로 하여금 서서히 깨닫게 한다. 아마 이는 고단수이기 때문일 것이다.

　* 독자들은 이 이야기에서 이러한 사실을 깨닫기 바란다.[1]

　이와 같이 『만한지실업』은 기업인들을 대상으로 하는 경제잡지로서의 성격이 강하기 때문에 조선에서 기업활동을 하는데 필요한 상업상, 교역상의 정보차원에서 조선의 풍속, 인정 등을 소개하는 데 주력하여 조선의 문예물을 풍속을 알 수 있는 자료로서 소개하고 있고, 그 방법도 의미 전달에 주안을 둔 직역의 방법을 취하거나 보통 역주 이상의 해설, 평주, 부기 등의 방법을 동원하고 있어, 당시 재조일본인들의 눈에 비친 조선의 풍속, 인정, 심상 등이 잘 나타나 있다.

　『조선공론朝鮮公論』은 1913년 4월 1일부터 1944년 11월 380호까지 발행된 일본어종합잡지이다. 잡지를 창간한 마키야마 고

---

1) 鼓山生, 「朝鮮奇聞集」(『滿韓之實業』第91號, 1913. 9), p.44.

조牧山耕藏(1882~?)는 1906년 와세다早稻田대학 정치경제학과를 졸업하고, 조선에 와서 통감부 기관지『경성일보』창간에 관여한 인물이다. 1909년 퇴사하여『일본전보통신日本電報通信』경성지국 주간을 역임하였으며, 1913년 도쿄에서 조선공론사를 창립하고『조선공론』을 발행했다. 발간 목적은 '『조선공론』은 공명한 지위에 서서 직언, 직필할 것이며', '조국으로 하여금 조선의 실상을 이해하게 하고 동시에 조선동포를 각성시키고 당국의 시정에 헌신할 것'(「발간사發刊の辭」,『조선공론』제1권 제4호, 1913. 4)이라는 발간사에서도 알 수 있듯이, 일본인들에게 조선의 실상을 알리고 조선동포를 각성시키며 당국의 정책실현에 기여하고자 하는 것이었음을 알 수 있다. 지면 구성은 일본 정계와 학계의 논설이나 논문류를 게재하는 <공론>, 조선의 산업과 정치 중심의 정보를 담은 <잡보>, 한시, 한문, 소설, 단가, 하이쿠 등 문예물을 게재한 <문예잡사>, <공론문예>, 화류계의 동향이나 스캔들 등 흥미위주의 기사를 담은 <사회기사>로 이루어져 있었다.

이 가운데 <문예잡사>나 <공론문예>, <사회기사>, <잡사>에 연재된『조선기담집朝鮮奇談集』시리즈는 조선의 역사적 일화나 우스갯거리, 민담 등으로 이루어져 있다. 내용을 살펴보면, 예를 들어 포츠슨ポッソン의『조선기담집』(第1卷 第1號, 1913. 4)은 중이 과부를 탐하다가 후배 중이 권한 콩물을 먹고 수모를 당한 우스갯거리를 소개하고 있으며, 나루시마 아키유키成島秋雪의 『조선기담집』(第1卷 第8號, 1913. 11)은 청명교체기, 혹은 고려 조선 교체기에 조공반趙公胖이 명황제에게 조선 국호를 받은 이야기와 황희黃翼成 정승이 옆집 아이에게 감을 따준 에피소드 등과 같이 조선의 인정, 풍속 등을 소개하는 것으로 이루어져 있다. 나루시마 아키유키의 『조선기담집』(第1卷 第5號, 1913. 8)은 임진왜란 때 성세영이 딸을 히데이에秀家에게 시집보낸 이야기인데, 그 안에서 조선의 세시풍속도 함께 소개한다. 또한 '속담은 민중생활의 기조에 익숙한 표어의 결정이며, 저급한 풍속시의 한 연을 이루고 있다고 할 수 있다. 우리들은 역사적으로 또는 전설적으로 신동포인 조선의 여성을 섬세하게 연구할 자격이 없지만, 현재 조선 민중들 사이에 회자되는 속담을 통해 그 여성을 상상해 볼 수 있다.'(木魂生「조선의 여자-속담에 나타난-朝鮮の女-俚諺に現はれたる-」『조선공론』제1권 제4호, 1913. 7) 등과 같이, 속담을 민중생활의 실상을 알 수 있는 자료나 풍속시로 보고 소개하기도 한다. 특히「조선의 여자-속담에 나타난-」에서는 조선 여성과 관련한 우리 옛 속담을 일본 정서에 맞게 풀어내는 점이나 조금씩 원래의 뜻과는 다르게 설명하고 있는 부분도 상당히 있어서 흥미롭다.

이상과 본서에서 번역한『조선만한지실업』과『조선공론』에 게재된 조선의 일화, 소화, 기담(특히 역주나 해설, 분석) 등에는 그 바탕에 제국주의적 시선으로 조선의 사람과 문화 등을 타자화 하는 시선도 물론 존재하지만, 상업상의 교역이나 통치 상 최 전선에서 조선의 민중들과 접하는 재조일본인들의 눈에 비친 조선의 풍속, 인정, 심상 등이 과감없이 생생하게 드러나고 있 다. 이를 통해 우리의 눈에는 보이지 않거나 간과되어 기록되 지 않거나 망각되었던 조선 민중의 실생활, 심상, 풍속 등의 일단을 이해할 수 있으리라 기대된다.

　마지막으로 어려운 원문을 끝까지 함께 번역해 준 임다함 교 수님, 본서의 번역의 가치를 인정하여 출판을 허락해 주신 역락 이대현 사장님, 번역 원고 편집에 세심한 노력을 기울여 보기 좋은 책으로 만들어 주신 이소정 편집자님께도 감사의 마음을 전하는 바이다.

2016년 3월

역자 대표 김효순

• 차례 •

조선경영의 노래

● 아시야 아시무라(蘆屋蘆村) 1)

아아 그대여, 그대의 후예는
지금 팔도를 장악하여
육지를 개척하고 바다를 섭렵하고 있다
그대 영혼 평안히 잠들었는가?

아아 신공神功이여, 삼한은
그대가 얻은 판도의 땅
지금 잃어버린 권위를 되찾아
자손들 기뻐하는 것을 보고 계시는가?

---

1) 아시야 로손(蘆屋蘆村, 1886-1946). 메이지(明治)에서 쇼와(昭和) 시대 전기
의 동화연구가. 국민영학회(國民英學會)와 성서학원(聖書學院)에서 수학하
고, 1922년 일본동화협회(日本童話協會)를 창립하여 『동화연구(童話硏究)』,
『동화자료(童話資料)』를 발행. 구연동화 보급에 힘썼다. 시마네현(島根縣) 출
신. 본명은 시게쓰네(重常). 저작에 『세계동화연구(世界童話硏究)』 등.

세상에 눈감고 언제까지
민족 뒤에서 잠들어 있을 것인가?
일장기 내걸고 가는 곳
땅은 넓구나 아대륙亞大陸

새로운 나라는 넓고
반도는 멀리 바다를 가르네
풍요롭게 영근 오곡
그대가 원하는 대로 하시라

그렇다 '평화의 전투'는
여기 광야를 차지하고
'사람의 능력'을 시험하기 위해
젊은 사내들을 맞이했다

사내들이여 오라, 분투奮鬪는
그대 오른손의 촛불이다
사랑과 빛과 평등은
그대 왼손의 촛불이다

그러나 압제와 폭정의 구름을 쫓아내라, 문명의
광명을 비추라, 백성으로 하여금
긴 잠에서 깨어나게 하라

계수나무 관 손에 받아
신을 예찬할 새벽에
아아 '일본' 드날리는 그 이름은
오주五洲 하늘에 비추리니

『조선지실업』 제3호, 1905. 7.

한국 하등의 민정(韓國下等之民情)

● 사에구사생(三枝生)

─ 한국의 여관에서는 차를 주지 않으므로 찻값을 쥐도 이상하 다는 표정을 지으며 받지 않는다. 술값이라고 하며 주면 기 꺼이 받는다. 물론 여관이라고 해도 잠을 자는 것이 목적이 아니라 밥을 파는 것이 목적이므로 저녁때가 되어 밥집에 가 서 재워 달라고 하면 필시 거절을 할 것이다. 이는 잠을 재워 주는 것만으로는 돈을 받을 수 없기 때문이다. 즉 저녁 밥값 만 내는 것이고, 잠은 그 밥을 먹은 곳에서 몇 명이나 되는 여러 사람들과 섞여 나무를 깎아 만든 목침을 베고 입고 있 던 옷 그대로 자는 것이다. 그렇기 때문에 바닥이 배겨서 견 딜 수가 없다. 광의 흙바닥 같은 곳이라 바닥이 딱딱해서 익 숙해지지 않으면 좀처럼 잠이 들기가 힘들다.

─ 따라서 적마赤馬1)나 관음님觀音樣2)은 물론 빈대들에게도 물

어 뜯긴다. 조선 내지3)에서 열흘 정도 여행하면 아마 이런 대접을 받지 않는 사람이 없을 것이다. 사람들이 세수도 하지 않고 몸도 씻지 않은 상태로 모여 있기 때문에 일본인처럼 결벽증이 있는 사람들로서는 좀처럼 견디기 힘든 법이다. 대저 여행이란 여관에서 그 날의 피로를 푸는 것이 무엇보다 우선 되는 위로이지만, 조선에서는 그렇지 않다. 보행을 하는 동안은 몰라도 숙소에 도착하면 냄새가 나고 불결하고 시끄러워 정말이지 잠을 잘 수가 없다. 겨울에는 온돌이 있어서 따뜻한 맛에 견딜만 하지만 여름은 그야말로 내지여행은 할 것이 못 된다. 첫째 모기장이라는 것이 없기 때문에 실내에 풀이라도 태워서 모기를 내쫓고 문을 닫고 자지 않으면 모기가 침입한다. 게다가 저녁밥을 짓는 불 때문에 뜨끈뜨끈 마치 증살기蒸殺器에라도 올라가 있는 것 같다.

─ 그래서 재미있는 이야기가 있다. 내가 작년 겨울 사냥 여행을 갔을 때, 식칼, 설탕, 간장, 작은 냄비. 이것들은 포획물을 쪄 먹기 위한 도구들이다. 그리고 과자에 다기 일습에 차, 이

---

1) 벼룩. 아이치현(愛知縣)의 방언.
2) 이.
3) 원래 내지(內地)라고 하면 식민지인 조선에 대해 일본 본토라는 의미로 사용되나, 여기에서는 조선의 내륙 지방이라는 의미로 사용되고 있는 경우가 있어 주의를 요한다.

는 차를 매우 좋아하기 때문이다. 탄환화약 열두세 돈과 베개, 담요, 짚신도 스무 컬레 씩이나 준비를 해 갔다(조선의 짚신은 신어서 길이 들지 않으면 발이 아파서 걸을 수가 없다). 이런 지경이니 여관 아가씨는 마치 시집을 가는 것 같다고 했다.

— 나는 항상 생각한다. 도쿄東京나 신바시新橋, 야나기바시柳橋, 더 나아가 오사카大阪, 교토京都의 상급중의 상급 예기 네 다섯 명을 끌고 와서 조선 항구에 닿자마자 내지에 몰려가서 예의 여관에 뛰어드는 대범한 짓을 할 수 있는 멋쟁이는 없을까라고. 그리고 아침에 소변 단지 위에 김치라도 올려놓고 강가에 씻으러 가는 것을 보여 주고, 덤으로 코를 푼 손으로 칼질을 해서 차려온 향기 나는 아침밥상을 받아먹어 보게 하면 어떨까 하고.

— 한어韓語로 주점을 술집, 식당을 밥집이라 한다. 그래서 대개 아침밥은 먹지 않고 떠나는 것이 당연하다. 아침밥을 먹으려면 아무래도 10시까지 기다려야 한다. 그래서 대개는 잔 곳에서 술을 마시거나 감주나 뜨거운 죽을 아침 일찍 사다가 먹는다. 물론 이는 군사郡司4) 소재지나 관찰사

---

4) 조선 시대에, 각 고을에 있던 호장(戶長)의 집무소.

소재지가 아니면 안 된다. 그 정도가 되면 저녁 8시 넘어
서 메밀국수를 먹을 수 있다. 메밀국수는 반드시 8시가 지
나지 않으면 팔지 않는다. 쇠고기밥이라는 것도 있다. 상당
히 맛있다. 이것 역시 도회지가 아니면 안 된다. 아침 일찍
출발해서 나루를 건넌 곳이나 적당한 곳에서 갓 지은 밥으
로 상을 차려 파는 곳도 많다.

『조선지실업』 제5호, 1905. 9.

한국 하등의 민정

● 사에구사생

─ 조선에서는 여자와 싸워도 말로만 싸워야 하고 손을 대는
것을 용인하지 않기 때문에, 싸움을 할 때는 여자 쪽이 매우
기세가 당당하다. 그래서 항상 영감이 패배하여 마치 서양
풍이다. 도대체가 여자들은 남편에게는 유순한데 남에게는
사납다. 즉 남편에 대해서는 남존여비이고 일반에 대해서는
여존남비이다.

─ 여존남비의 한심한 일례가 일전에 내 가까이에서 연출되었
다. 물론 이는 쓸데없는 이야기이지만, 이렇다. 우리 집에 박
도령(총각을 무슨 도령이라 한다) 이라는 열여덟 살 되는 녀석을
고용했다. 우리 집 앞에 사는 자는 한인으로 엽棄이라는 자
인데 박 도령의 친척이었다. 그 집 아래쪽에 인근에서는 어
느 정도 얼굴이 알려진 추秋라는 자가 있었는데 그 집에 열

예닐곱 되는, 무게 18관[1])이나 되어 보이는 딸이 있었다. 그런데 엽의 모친과 마누라가 주선하여 편지를 보냅네, 중매를 합네 해서 어찌어찌 야합이 성립되었다.

- 그런 줄은 우리 집에서도 모르고 딸의 부모도 아직 몰랐지만, 멍청하게도 우리집 박 도령이 추 즉 처녀의 부모를 존경하여 시키면 시키는 대로 해서, 우리 집에서 일을 하는 동안 쌀을 훔치고, 술을 훔치고, 낫을 훔치고, 삽을 훔치고, 지어 놓은 밥을 훔치고, 지붕을 이을 이엉을 훔쳤다. 이는 추의 명령이었는데 운반 도중 엽도 집에 불러들여 당당하게 가마니에서 쌀을 훔치고, 술독에서 술을 훔쳤다. 놀랍게도 셋이서 9일간 다섯 말 짜리 한 가마니를 비운 일도 있다. 즉 한 명이 하루 평균 두 되를 먹은 것이다. 아무도 모르는 사이에 도둑을 맞고 나중에서야 알았다.

- 게다가 그 박이 칠팔일 동안 우리 집에서 자지 않길래, 아직 한 여름이고 더우니까 한인의 습관대로 한데서라도 자는 줄로만 알고 있었다. 그런데 이게 웬일인가? 박 도령이 바람둥이가 되어 몰래 숨어들었다고 하는 추문이 아버지 추의 귀에

---

1) 1관은 3.75kg이므로, 18관은 약 67.5kg.

들어가 발각이 되어 반죽음이 될 정도로 맞아 이삼일 동안 일을 할 수 없는 지경. 그러나 아직 그때만 해도 어떤 상황인지 전혀 몰랐다. 사오일 지나자 그 집 딸의 모친 되는 여자가 빨래방망이를 들고 들고양이가 바람을 가르듯이 엽의 집으로 달려갔다. 공교롭게도 엽의 집은 내가 명도 청구를 보냈기 때문에 다른 곳으로 이사를 가기 위해 가옥을 건축하는 중이라서 낮 동안에는 대개 그 쪽에 가 있었다. 이것 참 잘됐구나 싶어 추의 마누라, 마당에 있던 된장독, 물독, 술독 다섯 개를 때려 부수고 집안으로 들어가 이불이며 옷가지며 옷장을 비가 오고 난 마당에 내동댕이치고 밟고 부수고 난리였다. 그리고도 부족해서 대문을 부수고 기둥을 두들기는 개가를 올리고 나서야 물러갔다. 집을 나가 있던 엽의 모친과 마누라가 돌아왔다. 아이고, 아이고, 죽겠다 하며 운다. 슬퍼서 도저히 살 수가 없다고 하며 운다. 엽이 세관에서 일을 하고 돌아왔다. 그리고 쳐들어갔다. 이번에는 엽이 추의 마누라에게 또 맞아 초죽음이 되었다. 그래도 여자에게는 손을 댈 수가 없었다.

— 그래서 박이 이번의 죄상을 자백하며, 내가 잡혀도 좋으니 추를 잡아 달라, 그렇지 않으면 엽이 죽임을 당할 것이라고

하여, 9일 동안 셋이서 다섯 말의 쌀을 훔친 상황도 알게 된 것이다. 다음날에는 세관에서 일본인 동료를 데리고 와서, 이번에는 일본인이 추를 괴롭혔다. 그럭저럭 열흘 동안이나 매일 네다섯 명이 모여 흑백을 다투고, 촌장이 오고 순검이 출동하고 급기야는 관할서에까지 가게 되는 소동이 벌어졌다. 박도 딸도 관계자도 모두 끌려갔고, 결국 박과 딸은 10일간 감옥행. 독은 깨진 쪽이 손해이고 몸은 맞은쪽이 손해라는 식으로 이번 건은 낙착.

- 이런 식으로 약간의 소동이 벌어졌는데, 이는 구미歐美와 흡사하다. 구미에서는 처녀시절에는 절대로 야합이나 외설은 없지만 시집을 가면 매우 음탕해 진다. 어쨌든 허례를 중시하는 나라이기 때문에 처녀시절에 그런 일이 알려지면 평생 비웃음을 사고 몸은 퇴물 취급을 당하며 아무도 결혼상대로 생각하지 않아 여자의 평생의 치욕으로 여기기 때문이다.

- 조선인이 울 때는 아이고, 아이고 라고 하는데, 일본어로 번역하면 어머니라는 뜻이다. 팔십 먹은 노인도, 사십 먹은 아저씨도 모두 아이고 어머니 즉 어머니라고 하며 운다. 왜 그러는지 그 원인은 모른다.

28

— 조선의 대패는 헛되이 밀리기만 할 뿐 밀리지가 않아 가옥의
   기둥에는 대패질을 거의 하지 않는다.

— 형사상, 민사상 관리가 출장을 나가면 출장 여비를 피고에게
   징수한다. 검시檢視가 있을 때에는 그 마을에서 모든 비용을
   부담하기 때문에 1년에 두세 번씩 살인범이 나오는 날에는
   그 마을은 완전히 폐허가 된다. 이는 말할 것도 없이 관리들
   이 그것을 기회로 여러 가지 징수 조사를 하기 때문이다. 즉
   검시 비용 만이라면 아무것도 아니지만 검시는 구실이고 돈
   벌이를 하러 오는 것이기 때문에 있는 대로 쥐어짜며 빼앗아
   가는 것이다.

『조선지실업』 제6호, 1905. 10.

한국 하등의 민정

● 사에구사생

— 조선의 여자는 모두 머리 위에 물건을 올려놓고 걷는데 선수
다. 밥그릇 하나를 사러 갔다 돌아올 때도 절대로 손에 들고
오는 일이 없다. 물을 길으러 갈 때도 빨래를 하러 갈 때도
모두 머리를 사용하는데 그 기술이 대단하여 놀랄 지경이다.
특히 그들이 물을 길으러 갈 때나 빨래를 하러 갈 때는 반드
시 여럿이서 줄을 지어 가는데 정말로 재미있다. 사진으로
찍어 두기라도 한다면 절호의 조선풍속이 될 것이다.

— 일찍이 진주에 갈 때 육십 세 정도 되는 노파가 쌀 한 말 정
도 외에 팥과 의류 등 약 팔, 구 관이나 되는 것을 아무렇지
도 않게 머리에 올리고 칠팔 리나 되는 길을 척척 왕래했다.
그중에는 머리에 뭔가 이지 않으면 허리가 안 움직여서 걷기
힘들다며 적당하게 돌을 올려놓고 걷는 사람도 있고 간단한

31

종이 같은 것이라도 이는 사람도 있다. 바람에 날릴 염려가 있기 때문에 그것을 돌로 눌러 놓고 다니는 것이라고 하니 웃기는 이야기 아닌가?

- 16, 7년 전 일이었다. 한인이 일본에 갈 때, 일본은 여관에서 매음을 한다는 이야기를 들었다. 나가사키長崎에 가자 마침 여관에서 하녀가 이불을 깔고 한인 손님에게 '즈포한요'[1]라고 하니 마음속으로 그래, 그래 하며 고개를 끄덕이고 얼른 누워서 기다리는데, 아무리 기다려도 아까 그 하녀는 오지 않았다. 결국 밤새도록 뜬눈으로 기다리다가 바람을 맞고 말았다. 무슨 일인가 하면, '즈포한요'는 한어로 누워서 하세요라는 말이었던 것이다. 부산 근처에서는 자라는 말을 할 때 일본어를 사용하고 있기 때문에, 조선에서 온 하녀가 나가사키 사투리로 이 정도는 하며 한 마디 한 것인데, 역시 부산 사투리로 안녕히 주무세요인 줄 알고 쓴 것을 한인이 제대로 알아들어 엉뚱한 오해가 생긴 것이다. 사람에 따라서는 한 바탕 소동이 일어날 수도 있는 말 아닌가?

- 나가사키 후쿠시마야福嶋屋에서는 조선인 보이를 고용하고

---

1) '즈포ハンヨ'라고 표기되어 있고 나가사키(長崎) 지역 사투리로 추정되나 정확한 의미는 미상.

있는데 한인 손님이 자주 묵는 점을 이용하여 요즘 그 녀석
이 장난을 한다. 일본어를 모르는 사람이 묵으면 갖은 수단
을 써서 돈을 빼앗고 협박을 한다고 한다. 그런 한심한 한인
이 나가사키에 네 명이나 있다. 참으로 못 된 녀석 아닌가?

— 따라서 한인은 익숙해지면 기어오르는 형국이다. 어찌 되었
든 야만인은 위력으로 대하지 않으면 번거로워진다. 위의 후
쿠시마야도 예의 한인 보이가 나쁜 짓을 해서 지금은 한인
손님이 완전히 떨어졌다고 한다.

— 지금으로부터 10년 전 한국 내지를 여행할 때는 한 끼 식
사가 싼 것은 겨우 15푼 즉 2, 3전이었지만, 지금은 싼 것
도 40푼이 되어 딱 3배 정도가 되었다. 모든 물가가 그렇
다. 특히 지금은 한전韓錢 상장上場이 15할에서 20할 사이를
왕래할 뿐이지만 훨씬 이전에는 3, 40할이나 되는 경우가
종종 있었다.

— 대구에서 200리 들어간 황간黃澗 근처 마을에는 일본인을
기리는 한인의 송덕비가 세워져 있다. 나무로 만든 높이
2척 정도 되는 것으로 다음과 같은 글귀가 새겨져 있다. 도합

5개가 있다.

교린유도(交隣有道) 양국상호(兩國相互) 거표동립(去表洞立)
대일본헌병집법공평송덕비(大日本憲兵執法公平頌德碑)
이민환락(吏民歡樂) 일경안보(一境安保)

또 하나는

마에다조합회사(前田組會社)
거표동립(去表洞立)
교린후의(交隣厚誼) 처사공평(處事公平)
대일본다카다사보호본동송덕비(大日本高田事保護本洞頌德碑)
일구의뢰(一區依賴) 여득소생(如得甦生)

또 하나는

선어사명(善於辭命) 통호양국(通好兩國)
통변천종술구호본동송덕비(通辯千宗述救護本洞頌德碑)
일구난송(一口難訟) 내립편목(乃立片木)

또 하나는

담책중임(擔責重任) 간사평직(幹事平直)
거표동나가다경민구호본동송덕비(去表洞長田慶珉救護本洞頌
德碑)
각안기업(各安基業) 일동화목(一洞和睦)

또 하나는

> 모리시타 긴고로(森下金五郎)
> 일본헌병 훈상등병 야시키 겐타로 송덕비(日本憲兵勳上等兵
> 屋敷源太郎頌德碑)
> 임고길(林庫吉)
> 성연길(星延吉)

- 위와 같은 목편을 세운 곳이 있다. 한인은 저런 것을 세우는
  습관이 있다. 원산항에는 영사 히사미즈 사부로久水三郎의 송
  덕비가 훌륭한 돌로 세워져 있다. 영세불망永世不忘이라고 새
  겨져 있다.

- 대구에서 12리 떨어진 합천 해인사는 삼한시대 고찰인데, 경
  치 유수幽邃2)하며 한국제일의 단풍 명소이다. 한인들 사이에
  서 해인사에는 금두꺼비가 있다고 구전되고 있다. 그런데 오
  늘날에는 일본인 나카야마 기보中山希望씨가 이곳의 사금광
  砂金鑛을 독점하고 있다.

- 한국만큼 거지가 많은 나라는 없을 것이다. 여자 거지, 아이
  거지가 많다. 부잣집에는 하루 평균 여덟에서 열 명 정도가

---

2) 경치가 그윽하고 조용함.

찾아온다. 먹을 것을 주지 않으면 집에 불을 지를 염려가 있
어서 반드시 먹을 것을 준다. 그래서 그런 거지들은 일본과
달리 의복도 상당히 좋은 것을 입고 있고 오히려 하층 노동
자들보다 깨끗하다. 사정이 이러하니 거지라도 보통 사람들
과 분간이 되지 않는다.

『조선지실업』제7호, 1905. 11.

한국 소화(笑話)

● 요시다(吉田) 동래 우편국장

결연(結緣)의 신

일본에 결연의 신이 있는데, 한국에는 어떤가 했더니 동래 성북에 지장보살 같은 것이 있어 한인韓人들은 그것을 결연의 신이라고 하며 종이를 잔뜩 묶어 두었다.

봉래(蓬萊)의 명칭

동래는 전에는 봉래라고 했다. 그런데 어떤 사람이 봉래라고 하면서 소나무만 잔뜩 있지 않은가 해서 웃었다. 한인들의 말에 의하면 학도 있었고 거북도 있었다고 한다. 온천 서쪽에 있는 산 중턱에 거북이 모양을 한 자연석이 있고, 동래 성북 학소대鶴巢臺에는 옛날에 학이 둥지를 틀고 있었다고 한다. 어쨌든 소나무에 학에 거북이가 모두 모여 있다.

돈을 당기는 돌

온천 서쪽에 기둥 같은 돌이 많이 서 있는 산이 있는데, 그 바위를 한인들은 차석車石이라 한다. 이 돌은 양산, 울산, 기장, 언양彥陽의 돈을 동래로 끌어당기는 돌이라고 한다. 또한 동래성 동쪽에 있는 산의 갑석甲石이라는 바위는 동래에 들어온 돈을 일본으로 빼내가는 돌이라고 한다. 옛날부터 일본이라는 나라의 존재에 신경을 썼던 것 같다. 어느 날 군수가 그 바위를 제거하려고 인부를 보냈더니 갑자기 뇌우가 일어 그대로 두고 도망을 쳐서 오늘날까지 아직 그 돌이 있다는 말.

간통자의 돌

공자묘에 지금은 명륜학교明倫學校[1]가 들어서 있는데 그 뒤에는 봉분이 있고 안에 여자의 음부 모양을 한 자연석이 있다. 그것이 비나 바람 혹은 인력에 의해 노출이 된 경우에는 성내에서 반드시 간통자가 나온다고 해서 엄중하게 밀폐해 둔다고 한다.

---

1) 개항기 부산광역시 동래구 명륜동에 설립된 사립학교. 1908년(순종 2) 5월 28일에 설립되었고, 1915년까지는 기록에 남아 있어 존속했을 것으로 추정하나 폐교시기는 미상.

온천의 유래

동래 온천의 유래는, 옛날에 용이 구온천에 있는 구멍 속으로 날아들었는데 그곳에 한인들이 돌을 박아 넣자 뜨거운 물이 솟은 데서 비롯된다. 그래서 온천에서는 용을 매우 귀히 여긴다. 한인탕 상량에 용머리가 조각되어 있다. 상당히 정교하게 조각되어 있다. 야토지八頭司2)가 야토지 온천을 인수했을 때 조각한 용이 떨어졌다고 해서 한인탕 쪽 용도 떨어지면 큰일이라고 난리를 피운 일이 있었다고 한다.

조선 정벌의 그림

서원리書院利에 임진왜란 즉 도요토미 히데요시豊臣秀吉의 명을 받아 가토加藤,3) 고니시小西4) 두 장군이 부산에서 한병韓兵과 싸웠을 때의 견취도가 간직되어 있다. 그 그림을 1년에 한 번씩 일반인들에게 공개한다고 한다. 그것도 자기 나라 병사가 지고 있는

---

2) 일본인 성씨.
3) 가토 기요마사加藤淸正, 1562~1611). 아즈치모모야마시대(安土桃山時代)부터 에도시대(江戶時代) 초기에 걸친 무장, 다이묘(大名). 관직명은 히고노카미(肥後守). 히데요시의 외가 쪽 친척으로, 어렸을 때부터 히데요시를 섬겼다.
4) 고니시 유키나가(小西行長, 미상~1600). 천주교 신자인 일본의 무장(武將). 도요토미 히데요시의 가신으로 임진왜란 때 선봉을 섰다. 히데요시가 죽은 후 이시다 미쓰나리(石田三成)와 한 패가 되어 도쿠가와 이에야스(德川家康)와 싸웠으나 패하여 피살되었다.

그림인데 고니시 유키나가의 깃발도 있다고 한다.

옛날에는 독립국

이 동래군은 장안국長安國이라는 독립국이며 부산진 동쪽에 있는 성터는 그 왕성王城이었다고 한다. 서원리 서고에는 그 외에 일한 관계 고서가 많이 있었지만 관찰사가 왔을 때 박람회에 출품한다고 모두 가져가 버렸다고 한다.

원래는 중국의 속국

지금 동래보통학교가 있는 건물은 동래에서 제일 큰 건물로, 이것은 객사客舍라고 해서 옛날 지나 대사를 접대하던 장소인데 어느 부에도 모두 반드시 설치되어 있었다고 한다. 이러한 사실을 보아도 한국이 지나의 속국이었다는 사실은 틀림이 없다고 생각한다.

군주는 천자와 같다

내가 이곳에 오기 2년 전 이 객사에는 한국조정 선조들의 위패가 있었고 매월 2회 군주郡主의 제사를 올렸다. 그때는 기생이 군주를 양옆에서 모시고 있었고, 앞에서는 종과 북으로 이루어진 악대가 대열을 지어 천천히 걷는다. 아랫사람들은 모두 바닥에 무릎을 꿇고 머리를 땅에 대고 있었는데, 군주를 보면 눈이 먼다고 했다. 당시의 군주는 마치 천자와 같았다. 그러던 것이 4, 5년 사이 꽤 큰 변화를 일으켰다. 지금은 동래 부윤이라고 해서 옛날의 권위는 어디로 갔는지, 격세지감을 느낀다.

비치는 일본 해를 소매로는 가리지 못한다

지금으로부터 4, 5년 전 일본의 어느 고등관이 동래에 왔을 때, 군주가 환심을 사려고 생각했는지 한 기생에게 수청을 들라 명했다. 그런데 그 기생이 '저는 남편이 있어 안 됩니다'라고 단호히 거절하자 군주는 버럭 화를 내며 가엾게도 기생을 하옥했다. 일본에는 '내리는 미국 비에 소매를 적시지 않겠다'[5]고 하는 예기藝妓가 있었는데, 조선의 이 기생은 '비치는 일본 해를 소매로 가리지 못 한' 것이었다.

『조선지실업』제45호, 1909. 6.

---

5) 1862년 11월 23일, 요코하마(橫浜) 미요자키(港崎)의 유곽 간키로(岩龜樓)의 유녀 기유(喜遊)가 미국인을 손님으로 받을 것을 거절하고 무사도의 작법으로 할복했다. 이는 당시 양이(攘夷)의 기분을 나타내는 것으로 화제가 되었다고 한다.

한국 소화

옥편을 가지고 오라

어느 날 밤 학자의 집에 도둑이 들어 왔는데 그 집 아들이 보고 아버지가 있는 거실로 달려가서 도적都賊이 들어왔다고 급보했다. 아버지가 듣고, 뭐라 도적이 들었다고? 도적都賊이냐? 도적盜賊이냐? 네 발음이 정확하지가 않다, 옥편을 가져 오너라,라고 했다. 도둑이 그 이야기를 가만히 귀 기울여 듣고 있다가, 우리 죄인을 때리는 도구로 철편鐵鞭이나 목편木鞭은 들어서 알고 있지만, 옥편이라는 말은 아직 들어본 적이 없다, 생각건대 아마 굉장히 가혹한 도구일 것이다, 꾸물대고 있다가는 큰일 나겠다고 하며 부랴부랴 도망을 쳐버렸다.

두꺼비와 지네

전라도 어느 절의 주지스님이 평소 두꺼비를 귀하게 기르고 있었다. 어느 날 낮잠을 자고 있는데 뭔가 바스락 거리는 소리가 나서 문득 잠이 깨어 보니, 무시무시한 지네가 주지스님 머리맡까지 기어 와서 딱 멈춰 서더니 눈을 부릅뜨고 붉은 숨을 내쉬기 시작했다. 참 신기한 일도 다 있네 하며 주위를 잘 둘러보니, 두꺼비가 지네를 노려보고 있었고 이 역시 파란 숨을 내쉬고 있었다. 거의 한나절 동안 물러서지 않고 서로 노려보다가 두꺼비의 숨이 셌는지 지네는 숨을 헐떡거리다가 마침내 픽 쓰러져서 죽어 버렸다. 주지가 몸을 물리지 않은 것은 평소 사랑으로 기르던 두꺼비 덕분으로 두꺼비는 평소 고마워하던 차에 보은을 한 것이었다.

공자는 맹자의 자식

고려시대 무관의 세력은 대단한 것으로 실로 나는 새도 떨어뜨린다 했는데 또 그 무식함도 대단한 것이었다. 어느 날 갑과 을 두 사람의 무관이 자꾸 말싸움을 하고 있었다. 무슨 논쟁을 하고 있나 하고 한 무관이 서서 들어 보니, 갑은 공자는 맹자의 자식이라고 하고 을은 맹자가 공자의 자식이라며 서로

44

고집을 부리다가 결국은 완력을 쓰기에 이르렀다. 보고 있을 수만은 없어서 먼저 상대를 진정시키고는, 어느 쪽이 맞는지 나는 잘 모르겠다, 애초에 공자니 맹자니 하며 무관이 이러쿵 저러쿵 논쟁하는 것 자체가 어불성설이다, 어떻게든 시비를 가리고 싶다면 문관을 불러다가 물어보는 것이 빠르지 않겠느냐 하고 중재설을 냈다. 그래서 즉시 문관을 불러다가 어느 쪽이 맞느냐고 질문을 했다. 불려 온 문관 모 씨는 까딱 입을 잘못 놀려 사실대로 말했다가는 무슨 봉변을 당할지 두려워, 양쪽 모두 기분 좋게 하기 위해, 어떤 책에는 갑무관이 말한 대로 공자가 맹자의 자식이라고 나와 있고, 또 어떤 책에는 을무관이 말한 대로 맹자가 공자의 자식이라고 나와 있다고 대답을 했다. 갑을 무관은 모두 크게 만족하였고 서로 자신의 설이 근거가 있음을 기뻐하며 그 문관의 박학다식함을 칭찬했다고 한다.

『조선지실업』 제47호, 1909. 9.

청한(淸韓) 소화

종실(宗室)과 각라(覺羅)

보통 청조의 조상이라 하는 태조고太祖高 황제의 아버지를 현조선顯祖宣 황제라 한다. 여기서 종실이라 함은 현조의 직계 자손을 말하며, 각라란 그 방계의 자손을 말한다. 그래서 역대 황제의 자손은 모두 종실이다. 종실에는 친왕, 세자, 패륵貝勒[1]과 같은 봉작封爵이 있으며 이를 받은 사람을 작爵이라 부르는데 차차 낮아져서 무작이 된다. 이를 간감종실間敢宗室이라고 하며 줄여서 종실이라고 한다. 종실은 황대黃帶, 각라는 홍대紅帶를 사용하고, 죄를 지어서 서인이 되면 자대紫帶를 사용한다. 이 경우에도 자손의 출생은 모두 종인부宗人府에 신고하며 어쨌든 황족의 말반末班으로서 영예권을 부여받는다. 그러나 개

---

1) 청나라 때 만주인 종실(宗室)과 몽고(蒙古)의 외번(外藩)들에게 봉해진 작위(爵位) 가운데 하나를 이르는 용어.

중에는 가난한 생활을 하고 있는 자들이 베이징 시내 도처에서 눈에 띤다. 누더기를 걸치고 떨어진 신발을 신고 하루 종일 한데서 생활하는 무리들 중에는, 이러한 종실 사람들이 많다. 그리고 범죄의 경우도 지방관이 바로 처분을 할 수 없는 특전을 이용하여 사회의 독이 되는 것 같다.

관위직(官位職)

청국의 위계는 1품에서 9품까지 있고 그것이 각 정종正從으로 구분되므로 2, 9는 18계가 있는 셈이다. 그런데 위계라는 것은 일본과 그 성격이 달라 오히려 관등官等으로 보는 것이 타당하다. 그리고 관과 직의 차별은 까다롭다. 일례를 들어보면, 태사태전太師太傳 같은 것은 정1품의 최고관이고 지방현청에 있는 순검巡檢, 통판사옥通判司獄 등은 최저 즉 종 9품의 관이다. 그리고 모두가 최고관으로 생각하는 군기대신軍機大臣 같은 것은 관이 아니라 보직이다. 정무처대신政務處大臣 역시 마찬가지이다. 간무국독변懇務局督辨, 세연국총변稅捐局總辨 등과 같은 것은 늘 보지만 이는 모두 직이 아니라 관이다. 이것들에는 대개 후보도대候補道臺라든가 후보지부候補知府와 같은 관에 있는 것이 해당된다. 각 성省의 총독순무總督巡撫와 같은 것도, 이전에는 중앙의 조관朝官이 조정의 뜻을 받아 군무軍務를 총독하고 지방을 순무하는 일시적 보직이 후세에 관으로 바뀐 것이다.

한국 궁중의 파리잡기

한국 궁중에서는 금파리와 은파리가 무리를 이루어 폐하의 용안이나 수라상을 거침없이 날아다녀 참으로 송구한데, 이래 가지고서는 궁중위생상 매우 우려할만한 일이다. 기쿠치菊池 대한의원장은 현상懸賞으로 구제법을 장려하여 50마리를 잡은 사람에게는 비누 한 개, 백 마리 이상을 잡은 사람에게는 향수 한 병을 주기로 했다. 그러자 그렇지 않아도 궁중 생활의 무료함에 힘들어 하던 궁녀들은 재미있는 놀이라며 모두 신이 나서 포획을 했다. 그 결과 수일 내에 거의 모두 구제했고 요즘에는 그림자도 볼 수 없을 만큼 주효했다고 한다.

함경남도 덕원부德源府에 한소사韓召史2)라는 산파 한 명이 있었다. 수년 전부터 예수교 신자였지만, 올봄에 결연히 신앙을 버리고 찬미가와 성서를 태워 버리려 했다. 그때 누군지 모르지만 교서를 태우면 너의 목숨은 끊어질 것이라며 한소사에게

---

2) 소사(召史)는 양민의 아내 혹은 과부를 일컫는 말로 흔히 성(姓) 밑에 붙여 부름.

고했다고 한다. 그러고 나서 한소사는 늘 신의 분노가 자신에게 들러붙었다고 생각하여 정신적 가책을 견디지 못하여 완전히 미치다시피 되었고, 결국은 견디지 못 하고 덕원부 재판소 판사 이중혁李重赫의 집에 가서 들러붙은 유령을 피고로 하여 고소를 했다. 이 판사는 엄중하게 심문을 시작했다. 한소사는 순식간에 낯빛이 변하더니 악마가 되어, 나는 인간의 정기를 빨아들여 목숨을 연명하겠다 라고 외쳤다. 이 판사는 크게 꾸짖으며 그 유령에게 사형을 선고했다. 그러자 소사는 갑자기 제 정신으로 돌아왔다. 이 명재판으로 유령은 사라지고 소사는 판사의 은혜에 감사해 했다고 하는 거짓말 같은 진짜 이야기이다.

『조선지실업』 제48호, 1909. 10.

청한 소화

조선속요

인생의 절반이나 늙어나 버렸구나
다시금 청춘으로 돌아서 가려하나
정말로 어려웁구나 생각처럼 안 되네

시조, 주막 여자 읊음.

새야, 새야, 파랑새야,
녹두밭에 앉지 마라,
녹두 꽃이 떨어지면,
과부가 눈물 흘리나니

그 꽃은 예쁘지만 가지가 너무 높아

꺾기가 어렵구나 손으로 꺾는 것은

어려워도 이름이라도 붙여보니 유정화有情花

시조, 남자가 여자에게 다니고자 할 때 부른다

공익방해정리회

한인만큼 걸핏하면 회합을 하는 사람들은 없을 것이다. 바로 여론에 호소하며 난리법석을 떤다. 여기에 참 기묘한 모임이 있다. 명칭을 공익방해정리회라고 한다. 공익방해정리회, 이상하게 들리지 않는가? 원래 이 모임은 이런 것이었다. 모 사립학교가 도산될 위기에 처해서 그것을 유지할 방법을 여기저기 수소문해 보았다. 그랬더니 한 유지가 나타나 유지비를 냈다. 그리하여 학교는 한동안 유지할 수가 있었다. 그러나 교장이 새로 임명된지 얼마 안 있어 그 돈도 다 떨어졌고, 그러자 새 교장은 갑자기 폐교를 선고했다. 어찌 화를 내지 않을 수 있겠는가? 유지자는 대단히 분개하여 즉시 각 방면 모임의 대표자를 한 사람씩 오라 하여 처분방법을 토의하게 되었는데, 그것이 바로 공익방해정리회이다. 공익의 방해를 정리한다니 신기하지 않은가?

인간의 강제집행

평양부근의 재판소에서 인간의 강제집행을 해 달라고 탄원한 사람이 있었다. 내막은 이렇다. 한인 김 모라는 사람의 아내로 김소사라는 여자가 남편의 학대를 견디기 어렵다는 이유로 김 모에게 이혼을 청구했다. 그리고 허락도 받지 않은 상태에서 친정으로 돌아가 버려 아무리 오라고 해도 돌아오지 않았다. 그러자 김 공이 매우 화가 나서 재판을 청구하게 된 것이다. 원래 김이 아내를 학대할 이유도 없었고 학대했다는 증거도 없어서 아내가 패소하게 되었고 돌아와야만 하게 되었는데도 불구하고, 김소사는 완강하게 김 모의 집으로 돌아오지 않았다. 그래서 김은 다시 경찰서에 고소하여 아내를 꼭 끌고와 달라고 탄원을 하기에 이르렀다. 그래서 경찰은 매우 난처했지만, 끝끝내 아내가 응하지 않자 신체의 자유를 구속해서 끌고 오게 되고나서야 일이 마무리되었다.

청국 선수녀(選秀女)

황제의 비가 될 사람을 뽑기 위해 경사京師(수도)에 올라온 처녀를 선수녀라 한다. 이는 한인漢人과 황족 중에서는 절대로 채택하지 않는다. 만인滿人으로서 문관은 동지同知 이상, 무관은 유격遊擊 이상이어야 하고 나이는 12세 이상 18세 이하 사이로, 해당 시기가 되면 명에 따라 선수녀로서 경사에 올라올 의무가 있다. 물론 선제先帝 때부터는 범위를 줄여서 내무부 3기旗 내에서 채택하도록 개정했다. 채택 방법은 우선 황태후가 자령궁慈寧宮에서 보고 선수選秀하여 10인을 뽑고, 그 안에서 다시 여러 가지 시험 감별을 하여 가장 뛰어난 자를 황후로 삼은 다음 두 사람은 황기비皇貴妃로 삼는다. 그리고 나머지 7인은 궁녀로 일하게 한다. 그런데 여기에서 한 가지 재미있기도 하고 기괴하기도 한 것은 황제로 하여금 먼저 남녀의 도를 연습하게 하기 위해 감모가가敢毛哥哥라고 해서 내무부에서 수녀秀女 한 명을 뽑는데, 일이 끝난 후 평생 귀가를 허락받지 못하고 불행하게 궁중에서 한거해야 한다는 것이다. 참 어이없는 일이다.

청국 평서(評書)

일본에서 말하는 강석사講釋師1)에 해당하는 것에 평서라는 것이 있다. 이에는 서관書舘과 서창書廠 두 가지가 있다. 서관은 일정한 가옥 내에서 이루어지는 소위 정석定席이며 서창은 옛

---

1) 일본 중세시대에 불교승이 경전을 해석하는 것을 강석(講釋) 혹은 강담(講談)이라 했다. 그것이 후에 예능으로 발전하여 강석을 하는 사람을 강석사, 강담사라 했다.

날 십강석辻講釋 같은 것이다. 즉 성벽 아래 시장이 서면 근처
에 천막을 치고 앉을 곳을 마련한 후, 평서 자신은 조금 높은
곳에 놓인 책상 앞에서 부채질을 하면서 남녀노소 여러 가지
역할을 구별하여 몸짓을 섞어가며 이야기하는 것인데 굉장히
재미있다. 강석의 내용은 『정충전精忠傳』,[2] 『서유기』, 『대송팔
의大宋八義』, 『녹목단綠牡丹』, 『요제지이聊齊志異』 등과 같은 군담
이나 인정물이며 중류 이하의 사람들이 가장 즐겨 듣는 것들
이다. 그렇지만 이는 아무 곳에나 있는 것은 아닌 것 같다. 베
이징이나 펑톈과 같은 대도시처럼 한인閑人이 많은 곳이어야
하는 것 같다.

『조선지실업』 제50호, 1909. 12.

---

2) 청나라 때 전채(錢彩)와 김풍(金豊)의 손을 거쳐 『정충연의설본악왕전전(精忠演義
說本岳王全傳)』, 일명 『설악전전(說岳全傳)』으로 개편.

청한 소화

냉수엄법(冷水嚴法)

어느 젊은 한인 부부에게 올해 두 살 되는 아이가 있었다. 아이가 병에 걸려 별 방법을 다 써 봤지만 좀처럼 낫지가 않았다. 그래서 시골에서 멀리 경성까지 올라와 일본 명의에게 진찰을 받아 보았는데, 별 문제를 찾을 수 없었다. 열이 나면 물로 머리를 식혀주면 된다고 해서 약을 받고 집으로 돌아갔다. 그런데 그날 밤 아이가 열이 나서 울었다. 부부는 병원에서 가르쳐 준대로 서둘러 통에 물을 받아 아이의 머리에 끼얹었다. 아이는 점점 더 심하게 울었다. 이래서는 안 되겠다고 생각해서 이번에는 아이의 머리를 물통 속에 집어넣었다. 아이는 점점 더 큰 소리로 울어댔다. 결국 부부는 의논을 하여 머리의 열은 배에서 나는 것이니 우선 배를 식혀야겠다고 하며,

이번에는 아이를 벌거벗겨 놓고 배에 물을 끼얹었다. 이 추운 날에 그것을 어찌 견디랴. 아이는 고통스러워 점점 더 울어댔다. 이것도 안 되겠다 싶어서 이번에는 부부가 밤을 새워 교대로 아이를 업고 집밖에 나가 있기로 했다. 긴 밤 동안 낑낑대며 밤을 새웠지만 아이의 병은 갑자기 중태에 빠졌고, 다음날 다시 경성의 일본 명의를 찾아 진찰을 받았다. 의사는 깜짝 놀라서 이것저것 물어 전말을 듣고는 새삼 한인의 멍청함에 놀랐다고 한다. 부부는 의사의 설명을 듣고 "이런 제기랄."

신발 전송

요보1) 노인이 자식을 일본에 유학을 보냈다. 어느 날 자식에게서 신발을 보내라는 전보가 왔다. 원산에 가서 이이야마飯山 상점에서 6엔짜리 신발 한 켤레를 샀다. 뭐니 뭐니 해도 요즘 세상은 전보가 가장 빠르다고 생각해서 인적이 많지 않은 와우동臥牛洞 앞 밭으로 가지고 가서 함원咸元 간 전신선에 걸어 놓고 이렇게 해 두면 되겠지 하고 집으로 돌아갔다. 어떤 사람이 그 신발이 새것인 것을 보고 자기 헌 신발과 바꿔 신은 후, 헌 신발을 걸어 놓고 도망을 갔다. 나중에 요보 노인이 와서

---

1) 근대 이후 일본인이 조선인을 비하하여 부른 호칭.

그 헌 신발을 보고 '아이고, 개명국 기관은 빠르기도 하네, 새 신발은 벌써 일본에 있는 아들에게 가고 이번에는 헌 신발을 수선하라고 보냈구나' 하고 '아이고' 하며 돌아갔다.

『조선지실업』 제51호, 1910. 1.

편집 요보 구(句)

● 생월(生月) 읊음

― 한인은 매월 1일, 15일에 반드시 조상의 제사를 지내는 것이
습관이다. 따라서 정월에는 설날 아침부터 온 집안 식구들이
모여 아이고, 아이고 하며 곡을 하는데, 이는 우리 일본인에
게는 기이한 느낌이 든다. 그러나 사실 신불神佛이 원래 동일
하다고 생각하면 이상할 것 하나도 없다.

― 눈앞의 이익에 민감한 것이 한인의 특성이지만 조금이라도
털이 난 짐승이면 당연한 이치이다. 일반적으로 한인이 예수
교를 가까이 하는 이유를 보면, 신이 무엇인지를 알고 지상
에 천국을 건설하고자 하는 고상한 이상을 갖고 있는 사람은
한 명도 없다(기자 왈. 전 세계에 한 명도 없다). 순전히 황금 인력
작용이다. 보라, 한韓의 정부를 장악하고 있는 통감부 경비의
배가 되는(약 7백만 원) 거액의 경비를 그들은 아까운 줄 모르

61

고 산포散布하고 있지 않은가?

- 한인에게 돈을 버는 법에 대해 물어 보니, 그 대답이 재미있
  다. 요즘에는 법률의 제재가 번거로워서 자국에서는 옛날처럼
  한 몫 잡을 수 있는 큰 돈벌이는 없다, 그래서 대신 청국에
  가서 지나인에게 한 방 먹이고 상당히 돈을 벌어오는 사람이
  있다고 한다. 그 사람의 이야기에 의하면, 조선인삼 약 3관과
  상중에 사용하는 커다란 갓을 가지고 상하이에 가서, 그 갓을
  쓰고 상하이에서 2, 3십 리 떨어진 시골에 가면 시골 사람들
  인 만큼 신기해하며 우하고 몰려들고, 호농豪農은 극진하게
  대접하며 잠자리까지 마련해 줄 것이다, 그곳에서 짐보따리
  안에 있는 인삼을 두세 뿌리 정도 꺼내 보여 주면 그들은 상
  중에 있는 한인들은 거짓말을 하지 않는다고 믿기 때문에 진
  짜라고 생각하고 비싼 돈을 내고 산다는 것이다. 대략 대여섯
  달 걸려 다 팔고 오면 3천 원 정도 벌 수 있다고 한다.

- 근 3, 4년 동안 경성을 중심으로 한인들은 모두 매식賣喰을
  하고 있다. 소위 매식이란 재산을 팔아서 의식을 충당하는
  것이다. 그들은 처음에는 논밭을 저당 잡혀 생활을 했지만,
  천량팔백십삼千兩八百十三[1]이라는 말처럼 몇 년 동안이나 앉

아서 놀고먹은 결과 이미 지방에 있는 전답은 거의 다 팔아 먹고, 이번에는 살고 있는 집을 팔아먹어야 할 참이라 결국 가옥을 저당 잡혀 목숨을 부지해야 하는 처지에 놓였다. 따라서 최근 경성의 한인마을에 화려하게 옛 모습을 간직했던 굉장宏壯한 가옥은 대부분 비어 있다.

- 이들 집은 대개 한두 번 저당을 잡혔거나 혹은 이미 외지 사람의 권리로 넘어간 것도 있고, 아직 다 넘어가지 않은 어중간한 것들도 있다. 개중에는 생활비를 위해 구가를 임대하고 싼 집으로 이사를 가는 사람도 있다. 문이 대중소 일고여덟 개나 있고 남녀 하인 3백 명, 온돌 2백 칸 이상이나 되며, 한때 위세를 떨치던 양반들이 몰락한 것이므로 보따리도 상당히 크다.

- 1만에서 2만 냥 정도 되는 큰 빚을 지고 있기 때문에 그들에게는 도저히 만회의 기미가 없다. 그것도 싼 금리라면 몰라도 월 3부, 5부 하는 고리를 지고 있고 때문에 빈집을 빌려준다고 해도 금리를 본다고 하는 방침이므로 집세도 좀처럼 싸지 않다. 그렇다고 해서 집세를 원껏 올려도 그것은 생활

---

1) 돈이 천 냥 있어도 한 해에 800푼씩 쓰면 13년이면 다 쓴다는 속담.

비로 충당되어 결국 빚은 빚대로 남는다. 조만간 채권자에게 넘어갈 것이므로, 일본인에게 있어 한인 집주인만큼 불친절한 것은 없다.

- 온돌 수리는커녕 취사장도 변소도 만들어 주지 않는다. 원래 있던 건물만 공급을 하기 때문에 한인의 셋집을 빌리는 사람은 모든 것을 자기 부담으로 해야 한다. 그리고 언제 그 집을 팔아먹고 쫓아낼지 몰라 위험하다.

- 경성에 살던 하류 한인은 모두 좀도둑질을 업으로 해서 산다. 그들의 특기는 시계와 신발을 훔치는 것이다. 그들은 일을 하면 훔친 물건을 바로 전당포에 맡기고 돈으로 바꾸는데 고가의 시계는 몰라도 보통의 시계나 신발은 아직 경찰의 손으로 되찾은 적이 없다 한다. 또한 도둑을 맞은 사람도 신발 한 켤레쯤이야 하고 포기하고 신고를 하지 않는 사람도 많다. 무슨 일이든 이런 불량민들이 많은 것은 한국의 수도로서 체면상 아주 좋지 않은 현상이다. 이런 불량배들을 일소하는 것이 각하 급무라 생각한다.

- 일본인이면서 한인을 아내로 삼고 있는 사람도 한국 전체에

서 백 명이나 된다. 그렇다고 해서 한인들이 일본인과 결혼
하는 것을 좋아하느냐 하면 그렇지도 않다. 종래 일본인과
결혼한 한국여성이 많았는데 기생이나 술집 여자 정도였다.
일본인이 한인을 보기를 마치 에타穢多2) 종족으로 멸시하는
것처럼, 한인이 보는 일본인 역시 신농민新百姓3) 정도로 경멸
하므로 쉽게 접근할 수 없다. 말보다 증거라고, 한인에게 존
중을 받는 인물이라도 진지하게 양반의 딸을 아내로 맞이하
겠다고 해 보라, 그들은 화를 내며 사절할 것이 틀림없다.

- 조선에서 20년이나 살아본 경험 상, 2년이나 3년에 한 번꼴
로 내지의 신선한 공기를 호흡하지 않으면 아무래도 행동거
지나 풍채까지 완전히 한인화되는 것 같다. 한복을 입고 담
뱃대를 물고 있는 모습이 완전히 한인과 똑같다. 그리고 근
성까지 일상화되어 온돌에 틀어박혀 예의 요강을 사용하는
등 가관이다.

- 결벽증이 있는 일본인이 한국의 풍속을 배우고 감화되어서

---

2) 중세 이후 천민시되었던 계층. 특히 에도(江戶) 시대 민중지배의 일환으로 거지(非
人)와 함께 최하층에 위치 지어진 사람들. 신분상 사민(四民)의 밖이며, 피혁 제조,
죽은 우마 처리, 죄인 처형·감시 등 말단 경찰업무에 종사. 1871년 법제상 폐지
되었으나 현재 신평민(新平民)으로 불리우며 현재도 부당한 차별은 존재.
3) 근세 막번 체제하의 조슈번(長州藩)에서 무사(武士)와 농민(百姓)간 합법적 신분
이동제가 있었는데, 무사가 농민이 된 경우를 신농민(新百姓)이라 했다.

는 한국에 거주하는 일본인의 장래도 뻔하다. 일한합병이나 일한일가설日韓一家說을 기뻐한다는 것은 이미 한인화되었다는 증거이다.

『조선지실업』 제52호, 1910. 2.

청한 소화

동대문에서 서대문으로 가는 대로 한쪽에 즐비한 솔잎 장수, 소달구지를 늘어 세워 놓고 매수인을 기다린다. 솔잎 사려. 그중 심심한 자가 얼빠진 소리를 낸다. 언제 봐도 매수인이 있던 적이 없다. 얼마 전에 두세 명의 요보, 심심풀이로 도박을 시작했다. 한 사람 모이고 두 사람 모이더니 예닐곱 명이나 되었다. 순사가 오면 일동은 소달구지의 밑으로 도망쳤다. 이리되자 솔잎 장사보다 도박 쪽에 더 관심이 가서 승부에 열을 올렸다. 근본이 가난한 자들끼리 하는 것이므로 급기야는 솔잎을 걸고, 소를 걸며 하루 종일 하다 보니, 그중 한 명은 땡전 한 푼 없이 돈을 다 잃어서 솔잎도 소도 다 남의 손에 넘어가게 되었다. 그래서 한 가지 꾀를 내어 몰래 순사에게 도박을 한다고 밀고를 하고는 시치미를 뚝 떼고 그곳에서 지켜보고 있었다. 마침내 순사가 멀리서 모습을 드러냈다. 일동은 모두 깜짝 놀라 각각 소

달구지의 밑에 숨었다. 판돈을 챙길 틈도 없었다. 돈을 잃은 그
작자 재빨리 판돈을 긁어모아 품에 집어넣고 서둘러 소달구지
를 끌고 솔잎 사려 하며 아무 일 없었다는 듯이 떠났다.

청국 막우(幕友)

지나의 관리는 모두 막우라는 것을 가지고 있다. 특히 지방
관은 그것이 없으면 일을 할 수가 없다. 막우는 자기 동향인중
신용이 있는 자 중에서 선택하는 것이 통례이다. 서국인徐菊人
군 등도 한림원 편집관으로 원항성袁項城의 막우가 되었던 것
처럼, 막우 중에는 대단한 인물들이 있다. 지부知府나 지현知縣
은 몇 명이나 되는 막우를, 형석刑席 막우, 적방賊房 막우, 서계
書啓 막우, 문안文案 막우 등으로 나누어 6, 7십 냥에서 2백 4, 5십
냥의 수당을 지급했다. 총독순사 등의 막우는 7, 8백 냥을 준
다고 한다. 이 수당을 수금修金이라 한다. 막우는 표면적으로는
아무 권한이 없지만, 상당히 위세가 있어서 아문衙門 내에서는
그들에게 모두 머리를 조아렸다 한다.

『조선지실업』 제52호, 1910. 2.

청한 소화

진담(珍談) 광고 이야기

요즘 경상북도 어떤 마을에서 있었던 일인데, '지금부터 한 인은 조선복을 폐하고 일본복을 착용해야 한다. 이는 믿을 만한 소식통에서 나온 훈령이다'라는 말이 퍼져 일반 한인들 사이에 갑자기 큰 소동이 일어났다. '조선에는 나라의 풍속이 있어서 조선국 특유의 복장을 해 왔는데 지금 갑자기 일본복으로 바꾸라는 것은 불합리하다'라고 하며 격분했다. 그러는 중에 그 훈령이라는 것을 가지고 돌아다니는 남자가 있었다. '이것을 보라. 그림에서 보여주는 것처럼 3종의 양복을 맞추지 않으면 안 된다. 그리고 신발도 조선 신발은 안 된다. 여기에서 보여 주는 것처럼 일본풍 신발을 신어야 한다. 큰일 났다'라고 난리를 쳤다. 그리하여 관할 주재소에서 탐지探知하여 조사해 봤다. 그런데 훈령서라는 것은 오사카大阪 모 양복점 광고에서 마지막에 '염가로 판매합니다. 기간 중 주문받습니다'.

집안의 우산

이는 경성에서 생긴 일인데, 어느 온돌집이 근래 셋집이 되었다. 놀라지 마시라, 집세가 겨우 1엔. 그런데 모 일본인이 이 집을 빌리려고 가보니 지붕에서는 별이 떨어지고, 벽은 옆집 부엌이 보이는 지경. 일본인도 이 상황에서는 말문이 막혀, 집주인인 한인에게 벽이 무너진 것은 바로 고칠 수 있어도 지붕이 저래서는 비가 오면 어떻게 자느냐고 물었다. 그러자 한인은 즉시 옆에 있던 찢어진 우산을 펴고는 온돌 가운데에 벌러덩 누웠다. 내가 졌다(나으리 지극히 좋사옵니다).

청국의 혼례

혼롓날 신부가 가마를 타고 신랑의 집에 도착하면 신랑은 가마에 대고 세 번 활을 쏘는 흉내를 낸다. 신부가 가마를 출발할 때는 사과를 먹고, 나가면 안장에 걸터앉게 한다. 이와 같은 아이들 놀이 같은 의식 후 방에 들어가 신랑과 함께 천지에 절을 하고 구들 위에 앉는다. 신랑은 왼쪽, 신부는 오른쪽이다. 이때 신랑은 직접 신부의 쓰개를 벗기고 처음으로 대면하여 삼삼구배를 한다. 그리고 나서도 여러 가지 까다로운 의식을 치른 후 마침내 잠자리에 든다. 신부는 다음날 방에서 나오는 것을 허락받지 못한다. 다음날 밤 중매쟁이는 신부의 머리 양쪽을 가르는데 이를 개검開臉이라 한다. 이로써 비로소 처음으로 사람들과 얼굴을 마주할 수 있다고 한다. 상당히 세세한 의식이다.

청국의 장례

길사吉事의 식을 홍사紅事라 하고 흉사의 식을 백사白事라 한다. 둘 다 가장 정성을 기울이는 일들이지만 그중에서도 백사에 더 중점을 둔다. 부모가 늙으면 미리 관과 수의를 준비하는 것은 효자의 본분으로 여겨진다. 일본이라면 맞아 죽을 일이다. 환자가 끝내 가망이 없어 보일 때는 아직 목숨이 남아 있을 때 의모衣帽를 갈아입힌다. 이런 정도면 정말이지 목숨보다 의식이 더 중요한 것이다. 사자에게는 단자緞子[1]를 입히지 않는다. 단자斷子를 연상하게 하여 자손이 끊기는 것을 염려해서

---

1) 생사(生絲) 또는 연사(鍊絲)로 짠 광택이 많고 두꺼운, 무늬 있는 수자(繻子) 조직의 견직물.

이다. 또한 가죽류는 꺼린다. 짐승으로 환생하는 것을 염려하
는 것이다. 참으로 그 연유도 놀랍다.

『조선지실업』 제52호, 1910. 2.

조선 배화(俳話)[1]

● 초연생(超然生)

무관(武官)의 임협(任俠)[2]

일찍이 문사文士가 있었다. 세상에 나와 용산에서 기숙했다. 이웃집에 여인 한 명이 있었다. 새벽부터 밤까지 애통한 곡소리가 그치지 않았다. 문사가 이를 괴이히 여겨 사람들에게 물었다. 그 과부가 제사를 지내는 것이라는 것을 알고 그 집에 찾아가서 직접 보니, 여자는 소복을 입고 있었다. 그리하여 애통해하는 연유를 물었다. 그 여자 천천히 대답하여 이르기를, 나는 원래 성내城內 명창名娼이다, 일찍이 연회에 나갔다가 저녁에 돌아가려는 중이었다, 아직 취흥이 남아 있고 신월新月은 거울 같았다, 흥에 겨워 거리를 거닐고 있는데 한 미소년이 있었

---

1) 하이카이(俳諧)나 하이쿠(俳句)에 대한 이야기.
2) 사내답게 용감함.

다, 초립을 입고 지나갔다, 그 모습이 옥과 같아 나는 한 눈에 열렬한 사모의 마음을 이기지 못하고 다가가서 이르기를, 나는 창기로 시내에 집이 있다, 잠시 우리 집에 가서 연다煙茶을 함께 하지 않겠는가 하였다, 소년은 흔쾌히 허락했고 함께 방으로 들어갔다, 불을 켜고 함께 앉았다, 그 기쁨이야 짐작하고도 남을 것이다, 곧 미주가효를 함께 하며 내가 한 곡 연주하자 소년은 바로 이에 화답하였는데 그 목소리가 대들보를 울렸다, 내가 거문고를 연주하자 그 역시 마찬가지였다, 어느 댁 자제냐고 물어볼 사이도 없이 그저 그 재능과 미모에 끌려 황홀해져서 정애 이루 말할 수 없었다, 촛불을 끄고 한 이불 속에 누워 둘이 숙면을 취했다. 자다가 잠이 깨어 꼭 끌어안으려고 하니, 바로 으슬으슬 차가운 기운이 몸을 덮쳤다, 깜짝 놀라 이상해서 자세히 살펴보니 칼로 배를 찔려 피가 흘러 바닥에 흥건했다, 깜짝 놀라 허둥지둥 일어났다, 달빛은 창에 비치고 옥 같은 얼굴이 거므스름한 빛을 띠었는데 죽었는데도 여전히 사랑스러웠다, 통련착악痛憐錯愕, 할 말을 잃었다, 집에 남자도 없고 시신을 수습하려 해도 어디에 해야 할지를 몰랐다, 간신히 끌어다가 좁은 방에 숨겨 놓고 다음날 밤이 되기를 기다렸다가 다시 거리로 나갔다, 대충 지나가는 남자를 불러다가 시체를 처리해 달라고 부탁하려 한 것이다, 마침 키가 큰 무사가 한 명 있었다, 항라천익允羅天翼3)을 입고 유유히 지나갔다, 신수身手는 경쾌했다, 나는 곧 말을 걸어 청하여 집에 데리고 왔다, 술잔을 권하다 조용히 그만두고 울며 말하기를, 당신을 부른 것은 춘정 때문이 아니다, 어디다 처리해야 좋을지 모를 물건이 목전에 있다, 그래서 감히 좀 도와 달라고 부탁하고자 하는 것이다, 다행히 당신이 이를 받아들여 준다면 삼가 첩이 되고 종이 되어 그 은혜를 갚고자 한다,라고 하며 일의 전말을 빠짐없이 이야기했다, 무사가 말하기를, 딱하게 되었군 하며 염포를 사 오게 한 후, 관복을 벗고 팔을 걷어붙여 염습을 했다, 장뇌수로 닦고 곧 성을 넘어가서 이를 묻으려 했다, 내게 이르기를, 당신은 가서 이를 묻는 것을 보겠소 안 보겠소, 나는 물론 보기를 원했지만 어떻게 성을 넘어갈 수 있느냐고 했다, 무사는 바로 시체를 왼쪽에 끼고 오른쪽에 나를 끼고 성을 넘어가서 땅을 파고 정성껏 그 시체를 묻고 내 집으로 돌아왔다, 내가 이르기를, 오늘 밤 부디 하룻밤 재워 드림으로써 노고를 위로하고자 한다라고, 무사 말하기를, 내가 오늘 밤 이 집에 머물며 당신과 함께 자는 것은 곧 소년 매장의 죄를 당신에게 묻는 것이다, 나는 그렇게 하지 않겠다, 나는 당신을

3) 항라는 명주, 모시, 무명실 따위로 짠 피륙, 천익은 철릭의 잘못으로 무관이 입던 공복(公服).

위해 원수를 갚고자 한다, 당신의 뜻은 어떠한가? 내가 말하기를, 이 무슨 은덕인가, 하지만 어떻게 범인을 잡는가? 무사 말하기를, 혹 당신을 사모하는 자가 있었는데 당신이 따르지 않은 일이 있었는가? 나는 처음에는 그런 일은 없다고 했다, 잠시 후 말하기를, 우리 집 뒤에 궁중의 마지기가 한 명 있다, 얼굴이 끔찍할 정도로 못 생겼다, 내게 마음을 둔지 오래되었지만, 내가 완고하게 따르지 않았다고, 무사 이야기를 듣고 끄덕이며 다음날까지 뒷문을 열어 놓게 하고 나는 문에서 좀 떨어진 곳에서 무사와 앉아서 일부러 외설스럽게 희희덕거리다 오후가 되어서야 그만두었다, 그리고 나서 밤이 되자 무사는 창문 안에서 코를 드르렁거리며 잠을 잤다, 나 역시 전날 밤 잠을 자지 못한 까닭도 있어 푹 잠이 들었다, 밤이 깊어지자 잠결에 웅성거리는 소리가 났다, 나는 깜짝 놀라 마음속으로 오늘밤에도 또 무사에게 곡을 하게 되는 것인가 했다, 그런데 갑자기 무사의 목소리가 들렸다, 재빨리 불을 붙여 가져오라고, 내가 서둘러 촛불을 들고 오니 사람이 있었다, 머리가 터져 창문 앞에 쓰러져 있었다, 무사가 말하기를, 이 자가 당신을 유혹했던 궁의 마지기가 맞냐고, 나는 살펴보고 그렇다, 당신은 어떻게 알고 이 자를 죽였느냐고 했다, 무사 말하기를, 낮에 당신과 일부러 논 것은 이 자를 처치하기 위해서였다, 그때 이

미 이 자를 울타리 뒤로 엿보았는데 눈빛이 매우 불량한 것을
보고 밤에 나를 해치러 올 것을 나는 이미 알았다, 그래서 문
에 기대고 자는 척했다, 역시 문을 열고 칼을 들고 들어오는
자가 있었다, 나는 소매 속의 철퇴로 그를 쳐서 죽였다라고,
즉시 그 시체를 끼고 성을 넘어서 묻고 돌아왔다, 무사는 날이
새기 전에 옷을 털고 떠나 버렸다, 나는 말렸지만 듣지 않았으
며 하다못해 어디 사는 누구라도 알려 달라고 했지만 역시 알
려 주지 않고 떠났다, 나는 결국 그 집을 팔고 용산으로 이사
를 와서 소년을 위해 절개를 지키고 있다, 오늘이 바로 소년이
해를 입은 날이다, 그래서 제사를 마치고 당시를 추도하여 마
지않는다,라고 하는 이야기였다.

『조선지실업』 제88호, 1913. 6.

조선 야담집(朝鮮野談集)

딸을 다이라노 히데이에(平の秀家)[1]에게 시집보내다

임진왜란 때 성영판서成泳判書라는 사람이 기전畿甸에 살고 있
었다. 마침 여주 목사 자리가 비어 있었다. 그때 감사는 마음대
로 성을 여주 목사로 보내려 했다. 조정의 명이 아니었다. 지극
히 혼란한 때라 사절하지 못 하고 같은 무리의 조정에서 그 이
야기를 듣고 강원도 순찰을 겸하게 했다. 아마 도적이 강원도에
살고 있기 때문이었을 것이다. 감사는 병사를 나누어 영동으로
보냈다. 영서지방은 도적이 없기 때문이다. 마침 홍효사洪斅思 목
사라는 자 역시 모친 상중이었고 병사를 끌고 경계지역으로 가

---

1) 우키다 히데이에(宇喜多秀家). 아즈치모모야마시대(安土桃山時代)의 무장, 다이
   묘(大名). 도요토미 히데요시(豊臣秀吉) 정권 하 5대로(五大老) 중의 한 명. 통칭
   히젠(備前) 재상.

다가 길에서 우연히 성영을 만났다. 홍이 말에서 내리지 않았다
고 화를 내며 병사로 하여금 잡아오라고 해서 문책했다. 그 사
람이 홍임을 알고 문책하여 말하기를, 너는 조관朝官이다, 지금
국가가 대란을 만났는데 어이하여 국가를 걱정하지 않고 사사
로이 병사를 끌고 가는가 했다. 홍이 말하기를, 부모의 중상重喪
이라 기복忌服하고자 합니다. 왜에 항복하여 몸을 편히 하고자
하면 이는 곧 사람의 도리로서 견디기 힘든 바입니다. 그래서
이와 같이 병사를 이끌고 가는 것일 뿐입니다. 성영 얼굴에 참
색慙色을 띠며 갑자기 말을 달려 떠났다. 성영의 숙부 세령世寧2)
은 왜에 항복하고 딸을 왜 장군 다이라노 히데이에에게 시집보
냈다. 또한 성영의 기복도 역시 조명朝命이 없었다. 따라서 홍은
이로써 그에게 부끄러움을 알게 한 것이다. 마침 사람들이 듣고
그것을 통쾌히 여겼다.

고래(古來)의 세시기

세시 및 명일에 거행해야 할 일이 한두 가지가 아니다. 섣달

2) 성세령(成世寧, 1533~1593). 본관은 창녕. 자는 신중(愼仲). 1552년 식년시 병과 12
위로 급제, 1583년 가렴주구를 일삼다가 사헌부의 탄핵으로 파직. 임진왜란 때 양
녀가 일본군에게 잡혀 사령관 우키다 히데이에에게 바쳐지자 왜군의 보호를 받
음. 1593년 왜적을 도왔다는 죄목으로 탄핵되어 관직과 품계가 삭탈.

그믐날, 어린아이 수십 명을 모아 진자侲子라 하여 홍의홍건 紅衣紅巾를 씌워 궁중에 들여보낸다. 관상감觀象監3)은 고적鼓笛과 방상씨方相氏를 갖추어 새벽에 이들을 끌어낸다. 민간에서도 이를 흉내 낸다. 진자는 없다 하더라도 대나무 잎, 박태기나무 가지, 익모초 줄기, 복숭아나무의 동쪽 가지를 합쳐 빗자루를 만들어 영호欞戶를 두드리며 북과 바라를 쳐서 악귀를 문밖으로 몰아낸다. 이를 '매귀枚鬼를 쫓는다'고 한다.

청신淸晨에 그림을 문창호지에 붙인다. 처용(가요의 이름), 각귀 角鬼 종규鍾馗4)와 같이, 복두관인幞頭官人, 개위介冑 장군, 진보 珍寶를 그렸다. 여인들이 닭을 그리고 호랑이를 그리는 것도 마찬가지이다. 섣달그믐에 서로 인사하는 것을 과세過歲라 하고 설날에 서로 인사하는 것을 세배라 한다. 설날에는 사람들이 모두 일을 하지 않고 모여서 서로 다투며 주사위 놀이인 효로梟盧 놀이를 하고 술을 마시며 즐겁게 논다.

새해의 자인 자子, 오午, 진辰, 해亥 날에도 이와 같다. 또한 아이들은 쑥을 모아 동산에서 태우는데 해일亥日에 하는 놀이를 훈가훼薰假喙라 하고 자일子日에 하는 놀이를 쥐불놀이薰鼠라 한다. 이때 제 관청은 3일 동안 쉬며 서로 친척이나 친구, 동

---

3) 천문, 지리, 역수(歷數)를 맡아보는 사람.
4) 중국에서, 역귀(疫鬼)·마귀를 쫓아낸다는 신.

료 집에 가서 명함을 던졌다. 대가집에서는 바로 상자를 설치하여 그것을 받았다. 근년 이래로 이러한 풍습이 고쳐졌으니 역시 세상이 변했음을 알 수 있다.

이 달 15일을 원명元名이라고 한다. 약밥을 해 먹고 2월 초하루 아침 새벽에 솔잎을 문간에 뿌린다. 세속에서 말하길, 벌레가 그 냄새를 싫어해서 솔잎이 방어벽을 만든다고 한다.

3월 3일은 상사上巳라 해서 세속에서 말하기를 답청절踏靑節이라 한다. 사람들이 모두 교외 들판에 나가서 논다. 꽃으로 화전을 부쳐 술안주로 하고 새 쑥잎을 뜯어 쑥버무리를 만들어 먹는다. 4월 8일에는 연등, 세간에서는 석가여래 탄신일이라 한다. 화창한 봄에 아동들은 종이를 잘라 깃발을 만들고 물고기 가죽으로 북을 만들어 모두 모여 여항閭巷을 돌며 연등에 필요한 비용을 보태달라고 구걸한다. 이름하여 호기呼旗라 한다. 이 날이 되면 집집마다 장대를 세워 놓고 거기에 등불을 건다. 부잣집에서는 채책彩柵을 친다. 집집마다 불을 모두 밝혀 마치 별이 가득한 하늘 같다. 성안의 사람들은 밤새도록 구경하고 할 일 없는 어떤 소년들은 그것을 올려다보고 튕겨보며 즐거워한다. 지금은 불교를 그다지 믿지 않아 등을 달기는 해도 옛날처럼 성대하지는 않다. 5월 5일을 단오라 하여 애호艾虎[5]

---

5) 쑥으로 만든 호랑이.

를 문에 걸고 창포를 술에 띄우며 아동들은 쑥을 뜯어다 엮고, 창포로 허리띠를 만든다. 또한 창포 뿌리를 캐어 수염을 만들고, 성내 사람들은 동내에 기둥을 만들어 그네를 달고 논다. 여자 아이들은 모두 정장교복靚粧姣服하고 방곡坊曲6)이 바쁘다. 서로 채색彩索을 돕고 소년들은 무리지어 와서 이를 추만推挽7)하니, 음후淫謔함이 이르지 않는 곳이 없다. 조정이 이를 엄히 금했다. 지금은 많이 행해지지 않는다. 6월 15일을 유두라 한다. 옛날 고려의 환관들이 더위를 피해 동쪽에서 흐르는 물에 가서 머리에 물을 뿌리고 부침浮沈8)하며 술을 마셨다. 이를 유두라 한다. 세간에서는 이 날을 명진名辰이라 한다. 수단병水團餠을 만들어 먹는다. 아마 괴엽냉도槐葉冷淘에서 온 것일 것이다. 7월 15일, 세간에서 이를 백종百種9)이라 부른다. 승가에서는 백종百種의 화과花果를 모아 우란본盂蘭盆 공양을 한다. 성내의 이사尼社가 가장 성대하여 부녀자들이 분집坌集하여 미곡을 바치고 죽은 부모의 혼을 불러 제사를 지낸다. 왕왕 승려들은 거리에 불전을 차려 이를 행한다. 지금은 이를 엄히 금한다. 중

6) 마을, 촌락.
7) 추천함.
8) 떠올랐다 잠겼다 함.
9) 백중(百中)의 이칭으로, 백중(百衆), 백종절(百種節), 중원일(中元日), 망혼일(亡魂日)이라고도 한다. 민간에서는 백중이란 말로 통일.

추는 완월翫月, 구월은 등고登高, 동지는 팥죽, 경신庚申에는 잠
을 자지 않는다. 이는 모두 옛 풍속이 남아 있는 것이다.

『조선지실업』제90호, 1913. 8.

조선 기문집(朝鮮奇聞集)

● 고산생(皷山生)

허풍을 쳐서 관리가 된 김영남(金英男)

옛날 삼남지방 어느 곳에 김영남이라는 청년이 있었다. 김의 집은 선조 대대로 큰 부자였다. 그러나 영남은 돈은 있지만 열 대여섯 살부터 어떻게 해서든 관리가 되고 싶어 했다. 그래서 영남은 결심을 하고 경성으로 올라갔다. 그리고 당시 나는 새도 떨어뜨린다던 대권력자 이 승지李丞旨의 저택 문을 두드렸다. 간신히 이 승지를 면회하게 되자, '저는 유소년 시절부터 관리를 지망하고 있습니다. 관리가 되기 위해 돈은 몇 만원이 들어도 전혀 상관없습니다. 부디 남병사南兵使[1]가 되게 해 주십시오'라고 간절히 부탁했다. 이 승지는 오랫동안 그런 상담에는 익숙해져 있었다. 또한 그런 사람들은 돈만 받아먹고 부탁

---

1) 조선 시대 종 2품 무관직으로, 남도병마절도사(南道兵馬節度使)를 줄인 말.

한 일은 들어주지 않는 것을 아무렇지도 않게 생각하는 것도 알고 있었다. 아니 오히려 그렇게 하는 것을 당연한 것으로 생각하는 이 승지는, '아 그런 일이라면 아무것도 아니라네. 마침 남병사에 빈자리가 있으니 손을 써 보지. 우선 일이 확실하게 결정될 때까지 우리 집에 묵으시게. 하지만 돈이 좀 필요하네' 라고 쉽게 받아들였다.

영남은 그 집의 식객이 되었고, 즉시 고향에 편지를 보내 막대한 돈을 끌어다 이 승지에게 줬다. 그러나 이 승지는 지금이라도 당장 될 것처럼 말을 하면서도 좀처럼 남병사 자리를 내주지 않았다. 그런 식으로 몇 년이 흘러 수만 원의 돈이 들어갔다. 가끔 이를 만나 재촉을 하면, '아니 이번 달에는, 아니 올해는 꼭 될 것일세'라고 하며 좀처럼 결말이 나지 않았다. 이제 고향에서는 집도 땅도 다 팔아서 당장 오늘 하루도 먹을 것이 없을 지경이 되었으니 빨리 돌아와 달라는 편지가 왔다. 그 사실을 한 이 승지는 어느 날 김영남을 불러서 말하기를, '나도 지금껏 자네를 위해 진력을 다했지만 아무래도 내 힘으로는 할 수가 없네. 다른 사람에게 부탁을 하면 어떻겠나. 그것도 싫다면 집에서도 기다리고 있을 테니 어서 돌아가는 것이 좋겠네'라고 했다. 영남은 일이 이렇게 되자 비로소, 이것이 일을 수락한 사람의 입에서 나올 소리인가, 이것이 몇 만 원이

나 돈을 받은 사람이 댈 수 있는 핑계인가 라고 생각하며, 격정에 못 이겨 소리를 내어 꺼이꺼이 울었다. 그렇지만 권세가에게 저항을 했다가는 오히려 자신의 생명이 위험할지도 모른다고 생각했다. 결국 영남은 원망도 눈물도 삼키고는 귀향길에 올랐다.

귀향길에 오르기는 했지만, 생각하면 생각할수록 한심했다. 고향 사람들에게는 돌아올 때는 명관리가 되어 돌아오겠다고 입 밖으로 말을 하지는 않았지만, 마음속으로는 철썩 같이 그렇게 믿고 있었다. 또한 사람들도 그렇게 용인하고 있었다. 몇십만 원이라는 돈은 경성의 꿈으로 사라졌다. 아내와 자식은 굶주림에 울고 있다. 이렇게 되어서 옛날의 김영남이라고 향리 사람들의 얼굴을 마주할 수가 있을까? 아아 돌아가지 말까 봐, 돌아가지 말까 봐라고 하다가 문득 걸음을 멈춘 곳은 어느 과일 가게 앞이었다. 무심코 보니, 커다란 복숭아, 아이 머리만큼이나 큰 복숭아가 가게에 진열되어 있었다. 영남은 그 복숭아를 보자 곧 한 가지 묘안이 떠올랐다. 그리고 그 복숭아를 하나 사서 이 승지의 집으로 발길을 돌렸다. 그리고 다시 이 승지에게 면회를 청했다. 승지는 '또 왔는가? 한 번 안 된다고 한 것은 백 번 돌아와도 할 수 없네'라고 했다.

영남은, '아니, 이제 관리에 관한 일은 깨끗이 단념했습니다.

하지만, 수년 동안 친절히 대해 주신 대감마님을 뵙고 싶어 돌아온 것입니다'라고 전하고는 정색을 하며 보따리 안에서 큰 복숭아를 꺼냈다. 그리고,

"이 복숭아는 별 귀한 것은 아닙니다만, 두 번 다시 얻을 수 없는 것입니다. 제가 댁을 떠나 충청남도 은율군에 가니, 미륵대불상이 있었습니다. 그 머리 위에 커다란 복숭아나무가 있었는데 그 나무에는 복숭아가 딱 한 개 열려 있었고 많은 사람들이 몰려와서 그 복숭아를 따려고 했습니다. 하지만 석상이 너무 높아 모두 너나 할 것 없이 아이고 아이고 소리만 지르고 있을 뿐이었습니다. 저는 그것을 보고 바로 전라도 순창, 담양 및 그 부근의 대나무를 모두 사서 그 대나무를 연결했습니다. 하지만 그래도 겨우 미륵대불의 콧구멍까지 밖에 닿지 않았습니다. 저는 열심히 있는 힘껏 발돋움을 해서 대불의 콧구멍에 살짝 장대를 댔습니다. 그러자 대불이 크게 재채기를 했고 그 바람에 복숭아가 떨어졌습니다. 이것이 바로 이 복숭아입니다. 이런 귀한 것은 시골에 가지고 가 봤자 아무런 쓸모도 없고 해서 지금까지 입은 큰 은혜에 보답을 하고자 가지고 왔습니다."

라고 참말인 것처럼 이야기를 했다. 이 승지는 허풍을 떠는 데도 정도가 있지 라고 생각했지만 재미가 있었다. 그래서,

이 "자네는 정말로 배에 바람이 잔뜩 들었군."라고 했다.

김 "그렇습니다. 벌써 오래전부터 바람이 들었습니다."

이 "어디서 바람이 들었나?"라고 헛소리인 줄 알면서 물어보니,

김 "제가 아직 집에 있었을 때, 지금으로부터 약 10년 정도 전의 일입니다. 매년 유렵遊獵을 일삼고 있었습니다. 어느 날 기러기를 잡으려고 실을 수만 척 튼튼하게 엮은 후, 그 끝에 살아 있는 잉어 한 마리를 묶어 기러기 무리가 있는 연못 근처로 가지고 갔습니다. 일주일 정도 지나서 가보니 깜짝 놀랄 일이 일어났습니다. 수만 마리의 기러기가 염주알처럼 실을 입에서 꽁지로 관통시키고 있었고 그것이 실 끝에서 끝이 났습니다. 어찌된 일인지 잘 살펴보니 먼저 기러기 한 마리가 잉어를 먹으려고 하자 잉어는 살아 있는 것이니 목을 통해 항문으로 빠져 나갔습니다. 다음 기러기가 그것을 먹으려고 하는데 또 목구멍에서 항문으로 쑥 빠져나갔죠. 그렇게 줄줄이 수만 마리의 기러기들이 실 한 줄에 꿰인 것입니다. 그래서 저는 크게 기뻐하며 그 실 끝을 허리에 묶어 끌고 가려 했지만 감당이 안 되었습니다. 수만 마리의 기러기가 깜짝 놀라서 일시에 날아올라 나는 오히려 기러기에 끌려 하늘 높이 올라가 버렸습니다. 그리고 한 달이 되고 두 달이 되고 1년이고 2년이고 3년

이고 공중에 매달려 있었습니다. 그러다 마침내 실이 썩어 지나支那 소호강변 조릿대 숲에 떨어졌습니다. 그리고 대나무를 벤 자리에 배를 찔려 큰 구멍이 뚫렸습니다. 그러자 동정호 7백리의 바람이 뱃속으로 모두 들어와 버렸습니다. 이것이 배에 바람이 들어간 증거입니다."

라고 길게 늘어놓았다.

이 승지는 모두 헛소리인 줄은 알고 있었지만 그 내용이 아무래도 이치에 맞는 것 같아 감탄하여,

이 "아, 자네는 확실히 남병사 자격이 있네. 어서 상주해야겠네."라고 하며, 사흘도 채 되기 전에 남병사 서임장을 주었다. 김영남은 오랜 숙원을 이루고 금의환향했다고 한다.

<기자 부기함>

이 이야기는 황당무계한 옛날이야기에 지나지 않는다. 하지만 이는 조선 풍속의 일부이다.

* 관직은 조선인의 생명이다. 관직에 3년만 있으면 자손의 안락이 보장된다고 하니 관리의 수렴收斂이 어떠했는지 미루어 알 수 있다.

* 매관의 법도 조선에서는 결코 이상한 일이 아니다. 당연한 일로 오히려 그렇게 하지 않는 것이 이례이다.

* 언사에만 능하고 약속을 지키지 않는다. 이 역시 조선인의 악습관이다. 외교에 능하다는 말은 곧 이를 두고 하는 말이다. 무사에게 이언二言이 없다는 말은 조선인에게서는 바랄 수 없다. 설령 양반이라 해도 마음을 놓을 수 없다. 아니 오히려 상인에게 더 신뢰가 간다.

* 풍자풍간諷刺諷諫, 이 역시 조선인의 특기이다. 정면에서 일도양단, 단도직입적인 말은 절대 하지 않는다. 적으로 하여금 서서히 깨닫게 한다. 아마 이는 고단수이기 때문일 것이다.

* 독자들은 이 이야기에서 이러한 사실을 깨닫기 바란다.

『조선지실업』 제91호, 1913. 9.

조선 기문집

● 고산생

황금색 만두를 먹는 김지배(金智培)

옛날 어느 곳에 이대정李大正과 김지배라는 두 청년이 살았다. 김지배는 아직 청년이지만 처세에 상당히 능하고 간지奸智를 가지고 있었다. 두 사람은 학문을 좋아해서 향리를 떠나 경성 부근 어느 절에 기숙하며 열심히 공부를 하고 있었다. 어느 해 가을 김지배는 향리에 볼일이 생겨 귀향을 하게 되었다. 그러자 이대정은, '우리 집에 가서 옷을 갖다 달라'고 부탁했다. 김은 서둘러 돌아가서 볼일을 마쳤다. 그리고 이의 집에 들렀다.

김은 뭔가 장난을 하고 싶어서 근질근질했다. 이의 집에 가서 여종을 만나자 옳다구나 생각하고 예의 언변을 발휘하여,

김 "너희 집 주인은 정말로 공부를 잘 하는 사람이다. 이제 곧 크게 벼슬을 할 것임에 틀림이 없다. 그렇게 훌륭한 사람은

반드시 몸에 뭔가 큰 특징이 있을 것인데, 너희 집 마님은 그런 것이 없느냐?"라고 자랑스럽게 물었다. 여종은 가만히 생각을 하다가,

여종 "그렇게 말씀하시니 있어요, 있어요. 왼쪽 젖가슴 밑에 사람 손바닥만 한 검은 점이 있습니다. 당신은 참으로 훌륭한 분이십니다."
라고 낚인 줄도 모르고 있는 그대로 이야기를 했다.

김 "음 그런가. 그것이 훌륭한 사람이 될 전조이다."
라고 하고는 떠났다.

김지배는 일이 뜻대로 되었다고 생각하고는 다시 전에 있던 절로 돌아가 부탁받은 옷을 이에게 건네주고 한바탕 이야기를 끝냈다. 그런데 김이 평소와는 달리 싱글싱글 하고 있는 것이 아무래도 뭔가 다른 뜻이 있는 것 같았다. 그래서 이는,

"자네 여느 때와 달리 싱글벙글 하고 있는데 고향에서 뭔가 재미있는 일이라도 있었는가?"
라고 물었다.

김 "그야 물론 있었지, 있었고말고. 큰 일이 있었어. 절대로 이야기하면 안 된다고 굳게 약속을 했지만 자네가 그렇게 힐문詰問을 한다면 다 밝히지. 나 이번에 자네 처를 만나고 왔네 (남의 처를 만났다고 하는 것은 동침했다고 하는 것과 같은 의미이다). 아, 그

94

것참 자네 처, 참 친절하더군."

라고 했다.

이 "무슨 헛소리인가? 그런 일이 있을 리가 있겠는가? 설령 천지가 개벽을 한다 해도 그런 일은 있을 수 없네."

라고 웃으며 부정했다.

김 "아니 헛소리가 아니라네. 정말일세. 정말이야. 자네 처 살도 만졌다네. 자네 처 왼쪽 젖가슴 아래 손바닥만 한 검은 점이 있지 않는가?"

라고 급소를 찔렀다. 헛소리라고 철썩 같이 믿고 있던 이대정도 그 말 한 마디에는 안색이 바뀌어 귀향을 했다. 귀향을 하자마자 김의 이야기를 꺼내며 아내를 힐문하자, 아내는 매우 놀라,

"그런 일이 있는 줄은 꿈에도 몰랐습니다. 그렇다면 그 사람을 한 번 데리고 와 보세요."라고 했다. 그래서 아무 일 없다는 표정으로 다시 절로 돌아갔다. 그리고 한 달 정도 지나,

이 "오늘은 우리 집에서 한 번 대접을 할 테니 같이 가세."

라고 했다. 김은 아 일전의 일에 대해 복수를 하려고 하는구나, 좋아 이번에도 또 의표를 찔러 골려 줘야지라고 생각하며 흔쾌히 승낙했다.

이의 집에서는 여러 가지 음식을 장만했다. 첫째가 만두를

대접하는 것이다. 김의 밥상에는 붉은색이나 녹색으로 물을 들인 훌륭한 것을 올려놓고, 주인인 이의 밥상에는 황금색 만두인데 아무런 장식도 하지 않았지만 매우 맛있어 보였다. 드디어 막 먹으려는 순간 김이,

"이군, 만두 바꿔 먹세."

라고 했다. 자기 것과 바꿔서 계략에 성공했다고 기뻐하며 황금색 만두를 입에 넣었다. 그 순간 황금색 인분이 줄줄 나와 때 아닌 황매화 꽃이 피었다. 그것을 몰래 옆에서 엿보고 있던 이의 아내는 아이고 속 시원해하며 기뻐했다. 이는, '똥이나 먹어라'라는 속담을 이의 아내가 거짓말쟁이에게 응용하여 숨겨진 이면의 뜻을 활용했다는 이야기이다.

평주(評註):

* 면학중인 청년에게 처가 있다면, 내지인에게는 이상하지만 조선인들은 조혼을 한다. 스무 살이 지나면 만혼이라 한다.
* 남녀칠세부동석이라는 명언은 널리 알려진 좋은 습관이다. 조선에서는 남녀가 서로 보았다는 것만으로도 이미 간통이라고 한다. 따라서 아무리 친우 사이라도 서로 아내를 만날 수는 없다. 예를 들어 내방에 다른 부인이 있으면 남편은 절대로 그 방에 들어가서는 안 된다. 그래서 오히려 폐해를 키우는 일도 왕왕 있다.

* 조선인은 상당히 대담한 장난을 한다. 친구가 여행을 가면, '자네 처 사망했네'라는 편지를 보내거나 관도에 나아간 친구에게 경성 근처에서 면직 사령辭令을 보낸다든가 갑자기 천금을 보내지 않으면 너희 집은 전멸할 것이라는 등의 편지를 보내고 뒤에서 기뻐하는 일도 왕왕 있다.

『조선지실업』제92호, 1913. 10.

조선 기문

● 경성 고산생

평안어사와 평양감사 이야기

- 어사는 전호에서도 설명했지만, 은밀한 사자 혹은 감찰관과
  같은 것이다. 왕에게 인수印綬를 받아 각지를 검찰하는 관리
  이다. 부정한 짓으로 뒤가 구린 지방관들이 가장 무서워하는
  존재이다.
- 감사는 관찰사 아래에 있는 직함. 주로 외교 일을 맡아 봄.
  그 권위가 종종 관찰사 위에 있는 경우도 있었다.

옛날 경성에 김 정승과 이 정승이라는 두 정승이 있었다. 두
정승에게는 각각 아들이 하나씩 있었다. 나이도 마침 동년배라
서 서당에도 같이 다니고 산이나 들에서 놀 때도 항상 함께여
서 마치 형제 같았다. 어느 날 이 정승의 아들 이 서방이 말하

99

기를,

"우리 두 사람 중 누구 아버지가 더 일찍 돌아가실까? 만약 우리 아버지가 돌아가시면 나를 돌봐 줘. 만약 너의 아버님이 돌아가시면 내가 꼭 돌봐 줄게."

라고 서로 굳게 약속했다. 그 약속을 하고 나서 얼마 안 있어 김 서방의 아버지가 죽었다. 그리고 2, 3년도 채 안 되어서 가난뱅이가 되었다. 그에 반해 이 서방은 아버지 덕분에 평안도 평양 감사가 되었다. 김 서방은 그 소식을 듣고 한 번 찾아가 봐야지, 전에는 사이가 아주 좋았어, 게다가 그런 약속도 했으니까 필시 도와줄 거야 하며 드디어 평양에 가기로 결심했다. 그러나 평양까지 갈 여비가 없었다. 어떻게 돈을 마련할 방법이 없을까 하고 혼잣말을 하고 있는데 그 옆에 에타가 있다가 난처한 처지를 알고 금 열 냥을 꺼내,

"부디 이 돈을 쓰시지요."

라고 내밀었다.

김 서방 "아니 자네 같은 하등한 인간에게 돈을 받는다면 양반으로서 체면이 안 서지. 애써 생각해 준 것은 고맙지만 가지고 돌아가게."

라고 하며 역시 양반인 만큼 그 돈을 받지 않았다. 그 다음날 또 그 에타가 와서 어서 사용하시라고 했지만 또 사양했다. 할

수 없이 에타는 그 다음날 돈을 살짝 놓고 갔다. 김은 아무리 에타라고 하더라도 이렇게 애써 주는 것을 마다하는 것도 딱해서 결국 그 돈을 가지고 평양을 향해 떠났다.

가는 도중에 이상하게도 어디를 가든 여관에 '경성에서 오는 양반풍의 사람을 재워 주는 자는 그 일가를 멸할 것이다'라는 방이 붙어 있었다. 그러나 자기 일인 줄을 모르기 때문에 경성 사람은 아니라며 5일 만에 평양에 도착했다. 그리고 여관에서 자려하는데,

"요즘 경성 사람은 재워주지 말라고 하니 거절하겠습니다."

김은, 아니 나는 이곳 감사와 막역한 사이이니 재워 줘도 상관이 없을 것이라고 하며 간신히 숙박을 했다. 그리고 이 감사에게 사람을 보내어 자신이 찾아왔음을 알렸다. 감사는 매우 화를 내며,

"그런 자는 모른다, 필시 거짓말쟁이임에 틀림없을 것이다. 죽으면 안 되니 죽지 않을 만큼 실컷 두들겨 패서 내쫓아라." 라고 했다.

심부름꾼이 돌아와 그 이야기를 하고는 이 거짓말쟁이 하며 여러 사람이 달려들어 두들겨 패서 내쫓았다. 김 서방은, "아아, 이가 놈 내가 이렇게 영락을 했는데도 옛날 약속을 잊었군. 도덕을 배신한 거지 같은 감사놈. 그런 놈이 감사 일을 제

대로 할 것 같아?"

라고 욕을 했다.

그 이야기를 들은 감사는 불 같이 화를 내며,

"평양성 성벽 아래로 떨어트려 죽여 버리거라."

라고 아랫사람들에게 명했다. 그래서 성벽 중 가장 높은 곳에 올라가게 해서 불쌍한 김 서방을 절벽에서 밀어 떨어뜨렸다. 그런데 마침 그 절벽 아래 있던 기생이 고맙게도 달려가서 김 서방을 방으로 업고 가서 간호를 하여 간신히 살아났다. 김 서방은 그간의 사정을 기생에게 이야기하고 생명의 은인으로 깊은 감사의 말을 전했다. 의협심이 있는 기생은 김 서방을 매우 불쌍히 여겨 맛있는 음식과 옷을 만들어 극진히 대접했다. 김 서방은 몇 달 간 그 집에서 몸을 회복하고 마침내 경성으로 돌아왔다. 돌아와 보니 자기 집은 없어졌고, 가족은 어디로 갔는지 알 수 없었다. 찾아보니, '저 집이 당신집입니다' 하는 것이었다.

가서 보니 고래 등 같이 훌륭한 기와집이었다. 집안사람들에게,

"어떻게 이런 집에서 살게 되었나?"

라고 물어보니,

"평양에서 매달 많은 돈을 보내 줍니다. 아마 이 감사님일 것입니다."

라고 하는 것이었다. 김 서방은,

"아니 이 서방이 보내 줄 리가 없다. 실은 이러이러했다. 이는 아마 나를 보살펴 준 집에서 보낸 것일 것이다."
라며 기생의 후의에 다시 한 번 감사해했다.

그 후 3년 동안 고생에 고생을 거듭한 결과 과거 시험에서 장원급제를 하였고 임금으로부터 평안도 어사 임명을 받았다.

그리하여 김 어사는 즉시 평안도로 가서 전의 그 기생집을 찾아가 깊이 감사를 표했다. 그러나 어사는 일부러 거지 모습을 하고 있었기 때문에,

"그렇게 많은 돈을 보냈는데 또 거지가 되었습니까?"
라고 눈물을 글썽이며 말했다. 아니 기뻐해 주길, 실은 이러이러했다 하며 소매 속에서 어사의 마패를 보여 주었다. 그러자 기생은 펄쩍펄쩍 뛰며 기뻐했다.

그리고는 곧 이 감사의 죄를 물어 면직시키고 기타 시정施政에 개선을 꾀했기 때문에 어사의 명망은 더욱더 높아져 갔다. 김 어사는 그 기생을 경성으로 데리고 돌아가 첩으로 삼아 평생 안락하게 살았다 한다.

『조선지실업』 제94호, 1913. 12.

103

조선 이가(俚歌)의 직역

● 풍류도인

― 달 밝고 서리 찬 밤에 울고 가는 저 기러기야
   소상동정瀟湘洞庭 어디에 두고
   여관방 쓸쓸히 비치는 등불 아래 잠든 나를 깨우느냐
   네 울음소리에 밤마다 잠 못 이뤄 하노라

― 세월이 물 흐르는 듯 하는구나
   돌아갔던 봄이 다시 왔으니
   봄이 건곤乾坤에 가득하고
   집안에 복이 흘러넘치며
   하늘은 세월을 더하고
   사람은 수명을 더하니라
   어찌하여 사람의 마음은 날마다 변하여 가는 것일까

― 노세 노세 젊어서 노세

　늙어지면 못 노나니

　화무는 십일홍이요

　달도 차면 기우나니

　인생은 일장춘몽

　오래지 않을 꽃다운 얼굴로

　헛되이 보내면 어찌 하리오

― 독수공방 홀로 앉아 있으려니

　마음은 어수선하여 시름이 그득하고

　죽창을 열어 쓸쓸히 내다보니

　강남 갔던 제비도 지금은 돌아왔네

　배 타고 떠나간 내 님은 돌아오지 않고

　망망히 흐르는 물처럼 소식도 끊겨

　밤낮으로 시름에 잠겨 있으니

　차라리 죽는 게 나은가 하노라

― 양덕맹산陽德孟山 흐르는 물은

　감돌아든다고 부벽루하浮碧樓下로

　놓아라(열네 번 반복)

— 이리 오시오 이리 와 하고 확실이(여자 이름)가 말을 전하네

　이리 오시오 이리 와

　슬슬 다리를 건너

　하얀 쌀밥을 짓고

　호박찜에 계란말이

　혼자 먹으면 무슨 재미겠소

　쓸쓸하여 부르는 것이오

『조선지실업』 제95호, 1914. 1.

조선 기문(朝鮮奇聞) 충남 보은군

● 경성 고산생

도소초(屠蘇草) 이야기

옛날 어느 마을에 유명한 관리가 있었다. 이 사람에게는 딸과 아들, 두 자식이 있었는데, 이들 남매는 금이야 옥이야 사랑을 받으며 자랐다. 누이는 어머니에게서 여러 가지 집안일을 배우고, 아우는 동네 서당에 다니며 공부를 했다. 두 아이는 자라면서 아무리 남매라지만 정말 판박이처럼 닮아갔다. 서로 옷을 바꿔 입더라도 누이가 아우인지, 아우가 누이인지 분간할 수 없을 정도였다.

그러나 불행히도 누이가 열일곱, 아우가 열다섯 살이 되던 해에 세상 그 무엇과도 바꿀 수 없을 정도로 소중한 부모와 사별하게 되었다. 두 사람은 마음이 스러지는 듯한 슬픔에 빠졌으나, 하는 수 없이 가까스로 장례를 치렀다. 원래 하녀를

한 명 두고 있었다. 누이는 역시 아우를 서당에 보내어 학자가
되기를 기원하며 낙으로 삼고 있었다.

아우가 다니는 서당의 선생은 학문에는 꽤 조예가 깊은 사
람이었으나, 품성은 좋지 못했다. 평소 이 아우의 누이가 근방
에서 제일가는 미인이라는 얘기를 듣고는, 이 미인을 언젠가는
만날 방도가 없을 지만을 생각하고 있었다. 하지만 다행히도
이들의 부모가 죽었다는 소식을 듣고는 하늘에 감사하며 기뻐
했다.

어느 날, 선생은 학생들을 모아놓고

"내일이 내 생일이니 될 수 있는 대로 빨리 오너라. 그러면
맛있는 요리를 대접할 테니."

라고 했다. 그리고 그 아우에게는

"꼭 와라, 다른 애들은 안 와도 너만은 꼭 와야 한다."

고 다짐에 다짐을 거듭했다. 이 말을 들은 누이는 잠시 생각에
잠겼으나, 갑자기 잔치를 벌이는 것도 수상쩍은 데다 생일 축
하라면 작년에도 했을 텐데 들은 적이 없으니 뭔가 꿍꿍이가
있는 건 아닌가 하는 생각에, 동생에게

"내일 참석하더라도 아무것도 먹지 말고 와."

라고 당부했다.

잔칫날이 되었다. 많은 아이들이 서당에 모였다. 선생은 매

우 기뻐하며, 곧 음식을 내왔다. 동생에게도 음식을 잔뜩 주었다. 웬일인지 이 동생의 음식은 특별한 쟁반에 담겨 있었다. 동생은 누이의 명을 잘 따라 하나도 먹지 않았다. 수저로 집어 올려도 먹는 시늉만 하고 버렸다. 선생은 그저 동생만을 주시하고 있었다. 아까부터 먹지 않고 버리는 것을 보고 몹시 화를 내며 "이 음식을 전부 버리다니, 너는 버르장머리 없는 녀석이다. 자, 이걸 먹어라."

라며 억지로 먹였다.

별 수 없이 먹은 그는 한 시간도 안 되어 복통을 일으켰다. 선생은 일부러 모른 척하며 굉장히 놀란 모양으로 곧 그를 가마에 실어 집으로 보냈다.

단 하나뿐인 동생이 가마에 실려 온 것을 보고, 누이는 결국 예상대로 동생의 신상에 무슨 일이 벌어졌음이 틀림없다고 눈물을 글썽이며 가마에서 동생을 끌어내 보니, 이게 무슨 변고인지 동생은 입에서 보라색 피를 토한 채 쇳덩이처럼 차갑게 식어 있었다.

"아아, 결국 이렇게 독살당한 것인가!"

라고 울부짖으며 끌어안고 하염없이 울었다. 그러나 현명한 누이는 흐르는 눈물을 닦고 동생의 시체를 방에 넣은 뒤 단단히 문을 걸어 잠그고, 동생이 죽은 사실을 아무에게도 말하지 않았다.

한편 선생은 분명 죽은 게 틀림없다고 생각하고 있었지만, 동생이 아프다고 했을 뿐 그 후 아무 소식도 전해오지 않기에 어느 날 하인을 보내어 병세가 어떤지 알아보게 했다. 그러자 누이가

"요즘 매우 좋아져서 물 정도는 마실 수 있게 되었습니다." 라고 답했다. 이 이야기를 들은 선생은 그거 이상하다, 이미 시체가 되어 있어야 하는데 정말 이상하군, 하고 혼자 생각하고 있었다.

며칠 지나 또 병세를 물어보라고 하인을 보냈다.

누이는 기지를 발휘해서,

"나는 방에서 책을 읽고 있을 테니, 그 하인이 요즘에는 어떠냐고 물어보면 최근에는 꽤 좋아져서 저렇게 책을 읽고 계십니다." 라고 말하라고 하녀에게 명했다. 하인이

"요즘 병세는 어떠십니까?" 라고 묻자, 하녀는 정말 그런 것 같은 어조로,

"네, 요즘에는 병세도 꽤 좋아지셔서 저렇게 책을 읽고 계십니다." 라고 대답했다.

하인이 이 이야기를 선생에게 전하자 선생은

"그건 거짓말이다, 거짓말이야. 이미 동생은 죽은 게 틀림없어. 동생이 없다면 내가 그 누이를 돌보지 않으면 안 돼. 자, 어서 가서 그 여자를 데려 오너라, 빨리, 빨리."

하고 친절을 가장하며 하인 너덧 명에게 명령했다. 이 이야기를 들은 누이는 이거 큰일이다, 이러면 더 버틸 수 없다고 생각하고는 동생의 방문에 못질을 하고 자신은 동생의 옷으로 갈아입고 오랫동안 일하던 늙은 하녀에게 빈 집을 맡기고는 여행길에 올랐다.

얼마 안 되는 여비로 며칠 동안 여행을 계속했기 때문에 몸이 매우 피곤했다. 마침 다섯째 날 저녁 어느 마을에 당도했다. 커다란 기와집이 보이기에 서둘러 그 집으로 가서

"피곤한 몸 하룻밤만 머물 수 있겠습니까."

하고 청했다. 여자의 몸으로 남장을 했기 때문에 내심 멋쩍다고 생각했지만, 주인은 젊고 연약해 보이는 18, 9세 정도의 소년이 홀로 여행하는 것을 가엾게 여겨 흔쾌히 머물게 해 주었다. 피곤했기에 며칠 동안 이 집에 신세를 지게 됐다. 원래 명문가에서 자란 데다 용모도 뛰어나고, 예의범절도 여자보다 바르다. 이 시골의 백성들에 비하자면 단연 만록총중홍일점萬綠叢中紅一點1)이라 할 만했다. 어느 날 집주인이,

"내게는 올해 열여섯이 되는 딸이 하나 있소. 몇 년 동안 좋은 배필이 있나 찾고 있지만 아무래도 이런 산 속 마을에는 적당한 사람이 없었지. 보아하니 당신은 아직 총각인 것 같은데 부디 우리 집 사위가 되어 주시오."

하고 간곡하게 부탁하는 것이었다.

그녀는 자신도 여자지만 그 사실을 이제 와서 밝히는 것도 우습고, 은인을 속인 것이 되니 하는 수 없다고 결심하고,

"저 같은 사람이라도 괜찮으시다면 잘 부탁드립니다."

라고 승낙해 버렸다.

그리하여 드디어 신랑 신부, 아니 신부의 결혼이 그날 밤 경사스럽게 이루어졌다. 꽃다운 신랑 신부는 손에 손을 잡고 부인의 거처로 정해진 안방으로 들어갔다. 신혼의 여러 밤이 지났다. 신랑은 웬일인지 신부와 동침하지 않았다. 신부는 마음에 차지 않는 점이 있었지만 차마 부모에게 그렇다고 밝히기도 어려워서, 자신에게도 부족한 부분이 있을 것이라고 생각하며 여러 모로 신랑의 기분을 맞춰 주고 있었다. 어느 날 화원花園으로 신랑을 안내했다. 신랑은 눈이 번쩍 뜨일 정도로 피어 있는 수많은 꽃이 신기해서, 이 꽃의 이름은 무엇이냐고

---

1) '전체가 푸른 잎으로 덮인 가운데 한 송이의 붉은 꽃이 피어 있다'는 뜻으로, 평범한 것이 많은 가운데서 하나가 뛰어남을 일컫는다.

물어보았다. 신부는 친절하게 대답해 주었지만, 마지막 두 종류의 꽃만은 왠지 이름을 말하지 않았다. 말해 주지 않으면 더 듣고 싶은 것이 사람의 마음이라서, 꼭 알려 달라고 졸라대자 신부는,

"저 꽃은 그 즙을 죽은 사람의 맥에 바르면 그 시체가 일어나고, 또 다른 꽃은 시체의 피부에 문질러 바르면 피부가 되살아난다는 소생초蘇生草의 꽃입니다."

라고 대답했다.

이 이야기를 들은 신랑의 기쁨은 비길 데가 없었다. 신랑이 이 집에 오고 나서 아마도 이처럼 기뻐한 적은 없었을 것이다. 사실 신랑은 아무리 즐거운 일이나 우스운 일이 있어도 가슴에 무언가가 하나 꽉 막혀 있는 듯한 기분이었으나, 이번만큼은 마음속 깊은 곳에서 솟아오르는 희열을 느끼며 이 꽃 두 송이를 받았다.

다음날이었다. 신랑은 신부의 부모에게 가서,

"집에 일이 생겨서 내일 하루 고향에 다녀오겠습니다. 일이 끝나는대로 빨리 돌아올 테니까요."

라고 청했다. 장인과 장모는 두말없이 승낙했다.

누이인 신랑이 다급히 고향에 돌아가 동생의 시체가 있는 방을 열어 보니, 아직 조금도 부패되지 않고 그대로 있었다.

감사해하며 재빨리 두 송이의 꽃을 비벼 소생초의 즙을 온몸
에 바르자마자, 신기하게도 감긴 눈이 확 뜨이고 피부가 살아
나며 피가 돌아 생전의 동생이 되었다. 누이의 기쁨과 동생의
희열, 두 남매는 엎드려 기뻐했다.

　그리하여 그간의 사정을 상세하게 이야기한 뒤,

　"부디 너는 이제부터 너를 위해서라도 목숨을 구해 준 은인
인 그 집의 사위가 되어 다오."

라고 부탁했다. 동생은 그 명대로 그 집에 처음으로 가서 신랑
이 되었으나, 누이와 많이 닮았기 때문에 아무도 수상하게 여
기는 사람이 없이 무사히 지내기 시작했고, 일가도 점차 번창
하게 되었다. 또한 그 선생은 자신의 죄를 뉘우치고 마음을 고
쳐먹었으며, 누이도 좋은 집안과 연을 맺어 일생을 안락하게
살았다고 한다. 경사로구나, 경사로다.

『조선지실업』 제95호, 1914. 1.

조선 고담(朝鮮古譚)

● SF생

축첩제(蓄妾制)의 상주안(上奏案)[1]

박 상서朴尚書 유檢 선생은 항상 이렇게 말했다. 동방東方은 나무에 속한다. 나무의 수명을 삼三이라 하면, 정해진 운명은 팔八이다. 홀수가 양陽이라 하면 짝수는 음陰이다. 우리나라에 남자가 적고 여자가 많은 이유는, 즉 이 도리이다. 국가의 법관이나 고관이라 해도 또한 굳이 첩을 두지 않는다. 그래서 부인이 때때로 백 살 가까이 될 때까지 아직 첩을 두지 않는 자도 있다. 그리하여 양반의 대가 끊기지 않는 일은 가늘기가 실과 같고, 서민의 인구가 날로 쇠하는 것도 결국에는 천하에 과부[2]가 있기 때문이다.

---

1) 왕에게 올리는 안건.
2) 원문에는 '광부(曠婦)'로 표기.

즉 상소문을 올려 간청하건대, 모든 신료들로 하여금 첩을 얻게 하되 작위의 상하에 따라 희첩姬妾의 많고 적음을 정하여, 평민은 일처일첩一妻一妾을 얻도록 하고 이를 항제恒制로 정하도록 한다. 이는 원망을 진정시키고 백성의 재물을 풍성하게 하는 길일 것이라고.

이에 대하여 부인들은 귀천 없이 모두 원망하는 한편 두려워했다. 관등절에 박공朴公은 법가法駕를 모시고 따라갔다. 한 노파가 이를 알고 말하기를

"첩을 두자고 청한 자가 저 거지 같은 늙은이다."

라고 하니, 들은 사람들이 서로 전하여 손가락질을 하였다. 길거리에 붉은 손가락들이 다발과도 같았다.

이 옛이야기에 의하면, 조선에도 옛날에는 첩을 얻는 습관이 없었고 부인들 또한 기운이 있으니, 박공의 어리석은 안건을 면전에서 몹시 조롱하며 거지 같은 늙은이라고 욕 하는 모습은 실로 장쾌하다. 이 시대가 지나고 박공의 축첩제 상주안 같은 것이 언제부터인가 공공연히 행해지게 되니, 첩이 성행하고 국민의 기운은 결국 쇠하여, 이로써 오늘날에 이른 것이다. 박공의 어리석은 안건은 비웃을 만하지만, 그 노파의 의기는 칭찬할 만하다.

노름에 건 재물을 속여서 돌려받다

봉익奉翊 홍순洪順은 충정공忠正公의 아들이다. 항상 상서尙書 이순李淳과 내기 바둑을 두었다. 이순은 늘 져서 골동품과 서화를 다 빼앗기고, 결국에는 비장의 가보인 거문고를 노름의 재물로 삼았다. 이순이 또다시 지고 초연하게 거문고를 홍순에게 주며,

"이 거문고는 우리 집안에 대대로 전해 오는 오래된 물건이다. 전해져 오기를 거의 이백 년, 물건이 이미 오래되어 꽤 신령이 붙었으니 삼가 이를 잘 보관하게."

라고 말했다. 이는 이순이 항상 홍순의 성격이 재미없다고 생각하여, 특히 이를 놀려 주려고 했던 것이었다.

어느 추운 밤, 거문고 줄이 얼어서 끊어지며 맑은 소리가 울려 퍼졌다. 그래서 곧 지난번에 거문고에 신령이 있다던 이순의 말을 떠올리고, 급히 등불을 켜고 복숭아나무 가지로 거문고를 난타하니, 때리면 때릴수록 점점 더 울려 퍼져서 홍순은 점점 더 당혹하여 하인을 불러 이를 지키게 하고, 날이 밝기를 기다려 하인에게 명하여 거문고를 들려 이씨에게 보냈다.

이순은 이른 시간에 찾아온 것을 이상하게 여겼는데, 또 거문고를 보니 난타한 흔적이 있었다. 즉시 말하기를,

"나는 오랫동안 이 거문고 때문에 속을 썩여서 종종 부수어
버릴까 생각도 했으나, 또한 귀한 것이니 두려워 그러지 못하
고 있었다. 일전에 다행히도 공公에게 보냈는데, 왜 돌려주러
온 것이냐."

하고 거절하며 받을 기색도 없다. 홍군은 점점 크게 난감해져
서, 전에 내기에 이겨 받았던 서화와 골동품을 남김없이 거문
고와 함께 이순에게 돌려보냈다. 이순은 그렇다면 하는 수 없
다며 이를 받았다. 게다가 홍순은 이를 깨닫지 못하고, 거문고
를 돌려준 것이 스스로 더없는 행운이라 여겼다.

이순의 기지는 홍순이 미신을 그대로 믿었기 때문에 발휘될
수 있었던 것이다. 조선인이 타인을 속이는 것을 아무렇지도
않게 생각하며, 거짓말을 다반사로 하는 점, 또한 뜻밖에도 미
신을 두려워하는 점 등 이 고담에는 유감없이 조선의 국민성
이 발휘되고 있다.

점쟁이의 거짓말

요즘에 무당에 씌어 허공에 소리 내어 외치며 곧잘 지나간
일들을 알아내어 이를 말해주는 자가 있는데, 이를 태자太子라
한다.

맹인 장득張得이라는 자가 있었다. 점을 잘 쳐서 사람들이 모두 명예明銳³⁾와 같다며 칭송하였다. 조정이 이 자를 불러들였는데 장이 대답하기를,

"결코 이러한 일은 모릅니다."

라고 했으므로, 옥에 가두어 고문하고 결국에는 용서하지 않았다.

조정의 신하 안효례安孝禮 또한 태자(무당)을 불러 장의 마음을 읽도록 했다. 태자는

"맹인 장 씨는 그 점괘책을 친척 모씨에게 맡겨, 지금은 우봉현牛峯縣의 민가에 보관해 두었다. 그 책을 가져오지 않으면 장 씨는 점을 칠 수가 없다. 그 집은 동쪽에 사립문이 있고, 당堂 앞에 큰 나무가 있다. 당 안에 독이 있고 독 위에 소반을 뚜껑 삼아 덮었으니, 소반을 치우고 들여다보면 서책은 그 안에 있을 것이다. 만일 공이 가서 찾는다면, 곧 큰 나무를 향해 나를 불러라. 나는 즉시 그에 답할 것이다."

라고 말했다.

그리하여 효례가 장의 집에 대해 물으니, 과연 친척 중에 우봉에 간 자가 있으므로, 효례는 크게 기뻐하며 곧장 궁에 들어가 왕에게 이 사실을 아뢰었다. 왕은 효례에게 역마를 타

---

3) '명경(明鏡, 저승의 길 어귀에 염마왕이 가지고 있다는 거울. 여기에 비추면 죽은 이의 생전에 지은 착한 일, 악한 일의 행업이 나타난다고 함)'의 오기로 추정.

고 기병 몇 명을 이끌고 가라고 명하였다. 하룻밤 사이에 말
을 달려 그 집에 다다르니, 과연 사립문과 큰 나무가 있었다.
당에 오르니 독이 있다. 소반을 벗기고 그 안을 보니, 안은 비
어 아무것도 없었다. 나무를 향해 태자를 부르니 대답하는 자
도 없었다. 효례는 원망하며 돌아와 태자에게 그 까닭을 물었
다. 태자는,

"공이 늘 허언으로 사람을 속였기 때문에, 나 또한 속임수로
공을 속였다."
고 말했다.

조정(朝廷)이 무당을 믿고 항상 무당을 양성하며, 그 무당의
말에 정치까지도 좌우되었던 조선국의 실정을 들여다볼 수 있
는 고담이다. 게다가 도사(道士) 한 명이 조정의 가신을 속여,
공은 늘 허언으로 남을 속이니 나도 허언으로 공을 속여 주겠
다며 서로 허언을 토해내는 것 또한 조선인이 잘하는 기능이다.

장기(將碁)에 부인을 걸다

『고려사악지高麗史樂誌』4)에 예성강禮成江을 노래한 곡이 있다.
이는 다음과 같은 이야기를 노래로 만든 것이다.

---

4) 조선조 세종 때 정인지(鄭麟趾) 등이 왕명으로 편찬한 『고려사』의 가요편(歌謠篇).

중국 당나라 초기의 상인인 하두강賀頭綱이라는 자는 장기를 잘 두었다. 일찍이 강의 상류에 이르러 한 아름다운 부인을 발견했다. 장기로 그 부인을 빼앗을 속셈으로, 그녀의 남편과 내기 장기를 두어 처음에는 남편이 이기도록 했다. 무턱대고 자기가 져서 그 남편에게 내기로 건 물건을 모두 주었으므로, 남편은 점점 득의양양하여 결국에는 부인을 걸었다. 그러자 두강은 계책에 돌입하여, 단숨에 내기에 이겨 그의 아내를 얻어 배에 태우고 떠났다. 그 남편이 뉘우치고 한탄하며 예성강의 노래를 지었다.

세상에 전하기는, 부인이 떠날 때에 장신구를 몸에 단단히 둘러 두강이 그 여자를 범할 수 없었다. 배가 바다 한가운데에 이르자 선회하며 움직이지 않아, 점을 쳤더니 절개를 지키는 부인에게 감동하여 그 부인을 돌려보내지 않으면 배가 반드시 난파할 것이라는 점괘가 나왔다. 뱃사람들이 두려워하여 두강에게 권하여 배를 돌리게 하니, 부인 역시 노래를 지었다고 한다.

덧붙여 이르자면, 예성강은 황해도 벽란도碧瀾渡의 동쪽에 위치하며, 남으로 흘러 바다로 들어간다. 고려가 송나라에 조공할 때 모두 이곳에서 배를 띄우니, 이를 예성이라 부른 것이다.

조선인이 자기 부인을 내기에 걸거나 저당을 잡히거나 하는

일은 흔한 일로, 실제로 압록강 연안의 조선인들 중에는 빚이
나 술값 때문에 부인을 빼앗기고 울상을 하고 있는 자가 많다.
통감(統監)시대까지는 북한지방에서 부인을 저당 잡히는 일이
성행하는 것을 실제로 본 적이 있다. 부인을 저당 잡히고 내기
에 거는 일은 비할 데 없이 진기하며 지금도 이 고담이 되풀
이 되고 있다.

『조선지실업』 제95호, 1914. 1.

조선 기문

● 고산생

까치의 보은(강원도 원주 실화)

옛날 강원도 원주에 한 사냥꾼이 있었다. 이 사람은 대단한 효자라서 고을 전체에서 칭찬이 자자했다. 어느 날, 이 사냥꾼이 산길을 걷고 있는데 건너편 숲에 까치가 잔뜩 모여 무언가 대단히 소란스러웠다. 무슨 일인가 하고 유심히 보니 이건 또 어찌된 일인지, 엄청나게 커다란 구렁이가 까치둥지 속의 새끼를 집어삼키려던 참이었다. 이를 본 사냥꾼은 부모 자식 간의 정은 사람이나 짐승이나 마찬가지라, 자신의 새끼가 물려죽는 것은 어미 까치에게도 틀림없이 괴로운 일일 테니 도와주자고 생각하고 가지고 있던 총으로 큰 구렁이를 겨누어 쏘았다. 큰 구렁이는 그대로 쓰러지고, 새끼 까치들은 목숨을 건졌다.

이 날 사냥꾼은 사냥거리를 조금 가지고 집으로 돌아가기 시작했는데, 순식간에 앞이 안 보일 정도로 장대비가 쏟아졌다. 결국 날이 저물어 하는 수 없이 집 한 채를 발견하고 들어갔다. 보니 사람이 사는 집이 아니라, 절의 문庵門이었다. 겨우 비를 피하고나니 피곤해서 나뭇잎을 깔고 앉아 있었다. 그런데 어디에서부터인지 부스럭부스럭 하는 소리가 들려왔다. 그 쪽을 잘 보니 불타는 듯한 눈을 한 커다란 구렁이가 스르륵 기어왔다. 그리고 말하기를,

"나는 오늘 당신이 죽인 구렁이의 부인입니다. 당신이 내 남편을 죽였으니 내가 복수하러 왔습니다."

라고 내뱉자마자 잽싸게 사냥꾼의 몸을 칭칭 감아버렸다.

"좋아, 나는 너에게 먹히더라도 여한이 없어. 하지만 우리 집에는 늙은 어머님이 계신다. 이대로 죽는다면 얼마나 슬퍼하실지. 부탁이니 죽기 전에 딱 한 번 어머님을 만나게 해다오."

하고 부탁했다. 큰 구렁이가 말하기를,

"그렇다면 이 절의 종이 오늘 밤 안에 울리면 꼭 너를 집에 보내 주마. 만약 울리지 않는다면 돌려보내지 않겠다."

라고 대답했다. 이 절에는 스님도 아무도 없고, 아무리 기다려도 종이 울릴 리가 없었다. 사냥꾼은 점점 목이 조여와서 지금이라도 죽는가 싶던 참에, 갑자기 이상하게도 누가 쳤는지 절의 종소리가 뎅-뎅- 하고 두 번 울려 퍼졌다. 종소리가 들렸

기 때문에 별 수 없이 큰 구렁이는 사냥꾼의 몸을 풀어 주었다. 사냥꾼은 꿈을 꾼 듯이 기뻐하다가, 지금 종은 누가 친 것일까 하고 종이 있는 곳으로 가 보았다. 가서 보니 두 마리의 까치가 종을 머리로 들이받고 피투성이가 되어 죽어 있었다.

이를 본 사냥꾼은, 그럼 내가 아까 도와준 은의恩義를 갚기 위해 까치 두 마리가 목숨을 던져가며 나를 도와준 것이구나, 이는 내가 부모에게 효도를 잊지 않은 덕분일 것이다 라고 생각했다. 그리고 집으로 돌아와 어머니에게 이 일을 이야기하고, 이후 더 한층 부모에게 효도를 다했다고 한다.

- 조선에서는 까치를 길조라 생각하는 것이 이 이야기에도 나타난다.
- 조선에서도 뱀이 구름을 부르고 비를 오게 한다고 여긴다.

달 모양 빗과 거울 이야기

옛날 어느 시골의 농부가 처음으로 경성에 갔다. 집을 나설 때 그의 아내가 달 모양 빗을 하나 꼭 사다 주세요, 만약 잊어버리셨을 경우에는 달을 보고 떠올려 주세요,라고 부탁했다. 마침 그 날은 5일이라 초승달이 떠 있었는데 그 달을 보라고 했던 것이다.

경성에 처음으로 올라온 촌사람에게는 보고 듣는 것이 모두
다 신기한 것뿐이라, 매일매일 구경하며 돌아다니다 그만 아내
의 부탁이 무엇이었는지 잊어버리고 말았다. 아, 만약에 잊어
버렸을 때에는 달을 보라고 했었지. 달을 바라보니 둥글둥글
둥그런 거울 같은 달님이 떠 있었다. 그렇지, 저 달님과 비슷
한 것을 사서 돌아가면 되겠다고 생각하고, 여러 곳을 돌아다
녀 겨우 둥글둥글 둥그런 달님 같은 것을 샀다. 고향에서 나설
때에는 5일 경이었으나, 돌아갈 즈음에는 보름달이 뜰 무렵이
었던 것이다.

　농부는 서둘러 고향에 도착하여 경성 이야기를 하고 아내에
게 선물을 건넸다. 아내가 기뻐하며 받아보니 그 속에 젊은 여
자가 있기에, 울컥 질투심이 솟아 거울을 집어던지고 시어머니
에게 가서 경성에서 첩을 데려왔다며 저 둥근 것을 보시라고
말했다. 시어머니가 이것 참 이상한 일이라며 그 거울을 들여
다보니, 일흔 정도의 노파가 있기에, 이게 무슨 일이냐, 노파가
아니냐고 했다. 이번에는 시아버지가 보더니 무슨 일이냐, 늙
은이가 아니냐고 말했다. 마침 그때 군 시찰을 나온 군수가 그
얘기를 듣고는 그 거울을 빼앗아 들여다보니 관복을 입은 군
수가 있기에, 이 군내에 자기 외에 다른 군수가 또 있구나, 아
마도 이 지역 양반이 군수 흉내를 내며 돈을 탐하는 것이렷다,

이 좁은 군에서 그렇게 돈과 곡식을 빼앗겨서야 자신의 수입이 줄어드는 것도 당연하다며, 곧장 그 군에 있던 양반을 다른 군으로 쫓아냈다는 이야기다.

> – 이 이야기는 원래 우스운 이야기에 지나지 않지만, 조선 사람의 경우 남편 중에 종종 어리석은 자가 많고 부인이 대체로 현명하다는 사실을 나타내는 것이다.
> – 옛날 관리는 백성의 것을 갈취하는 자였음을 이 우스운 이야기를 통해서도 엿볼 수 있다.

『조선지실업』 제96호, 1914. 2.

조선 기문집(朝鮮奇聞集)

● 경성 고산생

심대신(沈大臣)과 염라대왕

옛날 경성에 심대신沈大臣이라는 명재상이 있었는데, 이 대신
의 탄생에 관해서는 비할 데 없이 진기한 이야기가 있다. 그의
어머니는 오십 세가 넘도록 아이를 낳지 못했다. 어떻게든 아
이 하나만, 아이 하나만 하고 괴로워하다가 결국 인사불성이
되었다. 말하자면 일시적으로 죽은 것이다.

대신 어머니의 원혼은 저승길을 가던 중에 지옥의 귀신에게
잡혀서 결국 염라대왕의 궁에 갇혔다. 그러자 대왕이 자신의
하인을 꾸짖어 이르기를,

대왕 "이런, 저 부인은 아무 죄도 없는 사람이다. 빨리 사바
娑婆로 돌려보내라."

라고 했다. 부인은,

부인 "아닙니다, 아닙니다 대왕님, 저는 사바로 돌아가도 별 볼 일이 없는 사람입니다. 저는 벌써 오십이 되었지만 아직 아이를 한 명도 낳지 못했습니다. 여자로서 아이를 낳지 않는 것은 정말 죄입니다. 부디 이대로 여기에 있게 해 주세요. 부탁입니다."

라며 엎드려 빌었다. 대왕은 불쌍히 여겨,

대왕 "아니, 그렇다면 네게 아이를 하나 주겠다. 그 아이를 데리고 가라."

하고 한 아이를 끌어내 부인에게 주었다. 보니 거지 모습을 한 아이였다. 부인이,

부인 "대왕님, 이 아이는 거지 모습을 한 아이입니다. 저희 집은 양반 가문입니다. 이런 아이를 데려가느니 역시 죽는 편이 낫습니다."

라고 하자,

대왕 "아니다, 그렇다면 그 아이의 눈알을 바꿔 넣어 주지, 누가 용을 한 마리 데려 와라."

라고 명령했다. 곧 금색의 용이 느릿느릿 다가왔다. 즉시 대왕의 지휘로 그 용의 눈알과 아이의 눈알이 바뀌었다.

대왕 "자아, 심부인, 이 아이를 데리고 돌아가시오. 이 아이는 용아龍兒입니다, 틀림없이 총명할 겁니다."

라고 하기에 부인은 그 아이를 데리고 돌아갔다.

한 때 죽었던 부인은 다시 살아났고 그 후 열 달 정도 지나 한 아이를 낳았다. 과연 모습은 거지꼴을 했지만 눈이 반짝반짝 빛나 누구라도 그 눈빛을 두려워하지 않는 사람이 없었다. 이 아이는 성장한 뒤 하나를 들으면 열을 아는 능력을 지녀, 결국 영의정이 되어 조정을 좌지우지하였고 명재상 심대신이라는 이름을 세상에 널리 알렸다.

평주(評註) :

* 조선에서는 용이 가장 상서로운 동물이기 때문에 어린 아이에게 용아라던가 봉아鳳兒라는 이름을 붙였다. 눈빛을 보고 아이의 총명함과 그렇지 못함을 판단하는 것은 조선에 있어서도 마찬가지이다.

속이기를 잘하는 군수

옛날 경성 전동典洞에 김모金某라는 사람이 있었다. 이 사람의 숙부는 당시 명성 높은 대신大臣이었다. 조카인 김은 대신에게 종종 임관을 부탁했지만, 그저 흘려들을 뿐 좀처럼 채용해주지 않았다. 힘을 써주지도 않았다. 그래서 책략을 써야겠다 싶어 남몰래 대신의 마구간에 가서 그의 애마愛馬를 끌어내어 말을 완전히 검은색으로 칠해 놓았다. 그리고 5, 6일이 지나 대신의 집에 갔다. 매일 보던 조카가 5, 6일 오지 않았기 때문에 숙부는 이상하게 생각했다.

　대신 "너, 무슨 일로 왔느냐."

라고 묻자,

　김 "예, 저는 일전에 제주도에 가서 매우 좋은 말을 사 왔습니다."

라고 대답했다.

　대신 "그래, 그거 마침 잘됐구나. 5, 6일 전에 말을 도둑맞았는데 그 말을 내게 주지 않겠느냐."

라고 했다.

　김 "좋습니다. 드리지요. 그렇지만 군수 임관 쪽도 잘 부탁드립니다."

라고 말하고는 집으로 돌아가 검게 칠한 말을 대신에게 보였더니, 이건 명마라고 매우 기뻐하여 재빨리 홍주洪州 군수에 임명했다. 김 군수는 계획대로 되었다고 무척 기뻐하며, 경성을 떠날 때 부인에게,

　"나에 대해 무슨 일이 생기면 곧 편지로 알려 달라."

고 이르고 곧 부임했다.

　한편 대신은 그 말을 타고 마을을 순시하였는데 갑자기 비

가 쏟아져 대신의 옷과 짐에 이르기까지 전부 젖었다. 말도 머리부터 완전히 젖었다. 그러자 신기하게도 지금까지 검던 말의 등에서 검은 물이 뚝뚝 하고 흘러내리더니 백마가 되었다. 보니 도둑맞았던 원래의 백마이다. 조카 녀석이 이런 나쁜 짓을 하다니, 좋다 이쪽에도 생각이 있다며 크게 화를 냈다. 그리고 곧 자신의 장남에게 홍주 군수를 죽이라고 명했다.

이를 들은 홍주 군수의 부인은 재빨리 이 일을 남편에게 전했다. 홍주 군수는 옳거니 하고는 그의 사촌이 오기를 기다리고 있었다. 그리고 경성에서 군으로 들어오는 입구에 주막 한 채를 세워 그곳에 군에서 제일가는 미인을 두었다.

드디어 사촌이 군을 향해 왔다. 보니 주막 한 채가 있고 절세미인이 요염한 아름다움을 뽐내고 있다. 술과 여자라면 다른 일을 잊어버리는 남자이다. 우선 잽싸게 여기서 한 잔 하기로 했다. 배도 고프겠다, 미인과 함께 술잔을 기울이다보니 결국 그곳에서 하룻밤을 보내게 됐다. 밤도 점점 깊어가고 이제 춘몽春夢을 즐겨 보려던 참에 밖에서 큰 소리가 나더니,

"이 문을 열어라, 빨리!"

라고 한다. 그러고 보니 남편이 돌아온 것이다. 어떡하지 하고 놀란다. 그보다 놀란 것은 사촌이다. 취기도 잊은 채 어쩌지 어떡하지 하며 이 이상의 낭패가 없다. 그때 여자가 말하기를

자 이 책상 속으로 들어가세요, 그러면 들킬 염려는 없을 거예요,라고 하며 그 안으로 숨어들어가게 하고는 겨우 책상 뚜껑을 닫았다.

남편 "이봐, 어째서 빨리 열지 않은 거야. 당신 요즘 수상해. 우리 이제 부부의 연을 끊도록 하지. 당신처럼 마음이 썩은 사람과는 한 집에서 살 수가 없어. 자, 당신이 좋아하는 도구는 뭐든 갖고 가, 나는 저 책상만 있으면 다른 건 아무 것도 필요 없어. 저건 선조 때부터 전해져 오던 것이니 저것만은 줄 수 없지."
라고 한다.

부인은 그걸 보인다면 큰일이라고 생각하고,

"저는 다른 것은 필요 없지만, 저 책상만은 제게 주세요."
라고 한다. 아니, 줄 수 없다고 한다. 그리하여 내일 군수에게 고하여 재판을 요청하기로 했다. 아니, 책상 속의 사촌이야말로 불안해서 안절부절 못하고 있었다. 그렇다고는 해도, 저 미인이 끝까지 자신을 감싸주는 데에는 자부심을 느끼고 있었다. 인간은 어떤 때라도 상당한 자부심을 지니는 것이다.

그 다음날, 드디어 못을 박아 고정된 책상이 군수에게로 옮겨졌다. 군수 앞에서도 두 사람이 다퉜기 때문에 결국 군수가 그 책상을 갖게 되었다. 그리고 그 책상을 숙부인 대신에게 보내게 되었다. 책상은 무사히 관리의 경계를 받으며 경성에 도착했다. 책상에는 '이것은 신기한 책상이므로 보여 드립니다' 라는 편지를 붙여 두었다. 대신이 어떤 책상인가 하고 열어보니, 파랗게 질린 자신의 장남이 당장이라도 숨이 끊어질 듯한 상태로 그 속에 들어 있었다. 장남은 사실을 있는 그대로 말할 수도 없어, 그저 억지로 밀어 넣어져 이렇게 되었다고 대답했다. 아버지인 대신은 너는 평소에 그렇게 힘자랑을 하더니 그 꼴이 뭐냐며 꾸짖었다. 그러나 별 수 없었다. 그렇다면 이번에는 동생을 보내자, 그러면 괜찮을 것이다 하고 이번에는 차남을 보내게 되었다.

홍주 군수의 부인은 또다시 곧장 이 일을 남편에게 편지로 알렸다. 홍주 군수는 그 차남이 오는 날, 군내의 노인과 아이들만을 모아서 먼저 관아 뒤에 한 무리, 앞에 한 무리를 있게 하고 젊은이는 모두 집에 숨겼다. 물론 군수도 숨었다.

차남이 군에 들어오니 아무래도 이상했다. 관아 앞에 와서 군수, 김 군수는 없는가 하고 외치자 가장 나이가 많아 보이는 사람이 눈을 껌뻑이며,

"아아, 그 군수님은 백 년 전에 죽었습니다."

라고 한다. 관아 뒤로 가니 그곳에서도 노인들만이 술을 마시고 있다. 무슨 말을 해도 들리지 않는다고 손짓하며 이쪽으로

오라고 한다. 안으로 들어가니 아이가 넘칠 듯이 따라 주는
술을 마시고 왠지 기분이 좋아져서 잠들어 버렸다.

　잠들어 있는 동안 머리를 박박 깎여 버렸다.

　겨우 잠에서 깨어나,

　"아아, 내가 다른 사람이 되어 버린 게 아닌가?"

하고 생각했지만 아까 봤던 사람들은 한 사람도 없다. 먼저 거
리로 나가 보자하고 밖으로 나가 술집에 가서,

　"이곳의 군수는 없는가, 나는 경성 김 대신의 차남이다."

라고 하자 가게 사람과 밖에 있던 사람들이 모여들어,

　"이런, 대머리 네 놈은 이 군에 들어오면 안 되는 대신의 자
식이구나. 무슨 미친 짓이냐! 썩 나가 버려라."

라며 상대를 해주지 않았다. 머리를 만져 보니 대머리가 되어
있다. 아아, 또 저 군수에게 당했다며 후회했지만 소용이 없었
다. 별 수 없이 풀이 죽어 경성으로 돌아가 아버지인 대신에게
이 일을 알리자, 그럼 할 수 없구나, 그냥 그대로 두어라 라고
했기에 몇 년 동안 홍주 군수는 많은 돈을 거두어들이고 돌아
갔다고 한다.

평주(評註):

* 개나 고양이의 털을 빨간색, 파란색 등의 잉크로 물들이는 것은
  조선인의 습성이다. 백색 레그혼[1] 닭 열 마리를 훔쳐 그 깃털
  을 노란색과 붉은 색으로 물들이고는 모른 척 한 조선인이 있
  었다는 것은 어떤 양계장 주인에게 들은 실화이다.
* 조선인은 주색酒色을 도구로 삼아 나쁜 꾀를 짜내는 일이 많다.
* 선인仙人은 실제로 존재한다고 여겼다. 이것은 미신이다. 옛날
  에는 이 미신이 한층 더 강했을 것이다.
* 이조시대에는 승려를 천히 여겼고, 고려시대에는 이들을 귀히
  여겼다. 이조시대에는 도성 안에 승려가 들어오는 것을 금했다
  는 등의 사실이 역사에 전해져오고 있다.

『조선지실업』 제98호, 1914. 4.

---

1) 레그혼(Leghorn)종. 닭의 한 품종.

조선의 가곡(歌曲)

● 은파생(隱坡生)

상류(上流)의 노래

— 추수秋水는 천일색天一色이요 용가龍舸는 범중류泛中流라
  소고일성簫鼓一聲에 해만고지수혜解萬古之愁兮로다
  우리도 만민萬民 데리고 동락태평同樂太平하리라

— 어극御極 삼십년에 요천堯天인가 순일舜日인가
  외외탕탕巍巍蕩蕩[1]하오심을 뉘 능히 이름할꼬
  아마도 사계절로 비기시면 봄이신가 하노이다

— 화목한 기운은 건곤에 가득하고
  문명이 일대에 다다르니
  이는 우리 성주聖主의 교화敎化이신가 하노라

---

1) 인격이 높고 뛰어나며 관대함.

141

성수무강聖壽無疆하사 우리 동방의 행복이 되시리라

- 금준金樽에 가득한 술을 옥잔玉盞에 받들고서
  심중心中에 원願하기를 만수무강하옵소서
  남산南山이 이 뜻을 알아 사시상청四時常靑하시라

- 경술년庚戌年에 공부자孔夫子가 이구산尼丘山에서 나셨으며
  경술년에 우리 성주께서 나셨도다
  천지간에 대성인大聖人은 이 두 양위兩位에 그치니

- 초산 우는 호랑이와 패택沛澤에 잠긴 용이
  토운생풍吐雲生風하여 기세도 장할시고
  진秦나라 외로운 사슴은 갈 곳 몰라 하노라

- 오백년 도읍지를 필마匹馬로 돌아드니
  산천은 의구依舊한데 인걸은 간 데 없네
  어즈버 태평연월太平煙月2)이 꿈이런가 하노라

- 흥망이 유수有數하니 만월대滿月臺도 추초秋草로다

---

2) '太平烟月'의 오기로 추정.

오백년 왕업이 목적일곡牧笛一曲이 되었으니
석양에 지나는 객이 눈물겨워 하는구나

― 이 몸이 죽어가서 무엇이 될꼬하니
봉래산蓬萊山 제일봉第一峰에 낙락장송落落長松되었다가
백운白雲3)이 만건곤할 제 독야청청하리라

― 녹수청산 깊은 곳에 청려완보靑藜緩步 들어가니
천봉千峰은 백운白雲4)이요 만학萬壑은 연무烟霧로다
이곳이 경치가 좋으니 한 번 놀고 싶구나

― 청산리 벽계수야 수이 감을 자랑 마라
일도창해一度蒼海하면 다시 오기 어려워라
천천히 흘러가려무나

― 십 년을 경영經營하여 초옥한간草屋一間 지어내어
반 간은 청풍淸風에 또 반 간은 명월明月에 맡겨 두고
두어라 청풍명월은 반려이니라

---

3) '백설(白雪)'의 오기로 추정.
4) '백설(白雪)'의 오기로 추정.

― 이 몸이 죽고 죽어 일백 번 고쳐죽어
　백골이 진토 되어 넋이라도 있고 없고
　임 향한 일편단심이야 가실 줄이 있으랴

― 제갈공명이 갈포야복葛布野服을 입고
　남병산南屛山 봉우리에 올라 칠성단七星壇을 쌓고
　동남풍이 불기를 빌고 단 아래로 내려오자
　바다에 한 척 조각배가 떴으니
　이 장사壯士는 필시 조운趙雲일 것이니라

― 녹초장제상綠草長堤上에 홀로 황소를 탄 목동이여
　세상의 시비를 네 아느냐 모르느냐
　목동 피리만 불며 웃어 대답하지 아니하니

― 춘삼월이라 하여도 결국은 구십춘광九十春光이라
　봉우리마다 단풍 언덕마다 황금초
　이미 인생의 반을 지났으니 젊은 시절로 돌아갈 수는 없구나
　이제부터는 늙지 않고 집도 이대로
　오호 백발이여 부디 나를 나이 먹지 않게 해다오
　송풍松風은 거문고 소리 두견새 노래하니
　이 산중에 일 없이 한가한 몸은 나뿐인가 하노라

144

고개를 드니 별이 빛나고

고개를 숙이니 하얀 모래밭이라

푸른 하늘 아래 넓은 곳에

따비를 풀어 소에 붙들어 매고

길 아래-정자 아래 도롱이를 베개 삼아 누우니

봄바람 나를 깨우네

올려다보니 층암절벽層岩絶壁

내려다보니 천리강산千里江山

달아 밝은 달아

님의 동창東窓을 밝히는 달아

너 내게 말해 다오

네가 안은 것은 어느 풍류남이더냐 사생결단 하자꾸나

풍랑죽엽風浪竹葉은 대장부의 싸움이며

풍세연화風勢蓮花는 삼천궁녀의 목욕이니

저 건너 일편석一片石이 강태공의 조대釣臺로다

강태공은 어디 가고 빈 배만 남았구나

탕류(蕩流)의 노래

- 달이여 밝은 달이여

  내 아내의 창을 비추는 밝은 달이여

145

그는 홀로 있는가
아니면 어떤 사랑하는 남자와 끌어안고 있는가
달이여 그대가 보이는 대로 말해 다오
사생결단을 할 것이니

― 앞집 딸내미가 시집간다는 말을 듣고
뒷집 총각이 목을 매러 가네
아이고 데이고
흥 재미없다

― 종로를 달리는 전찻길
동으로 가면 동대문
서로 가면 서대문
당신은 동쪽으로
나는 서쪽으로
잠시 헤어집시다

― 주막집이 어디냐고 슬쩍 한 번 물었더니
목동은 저만치 살구꽃 핀 마을을 가리키네
어이 놓아라
놓을 수 없어

팔이 끊어져도 놓을 수 없어

― 명사십리明沙十里 해당화야

　　꽃 진다고 설워 마라

　　어이 놓아라

　　놓을 수 없어

　　죽어도 놓을 수 없어

― 당명황唐明皇의 양귀비도

　　젓가락 놓으면 별 수 없다네(젓가락을 놓는다는 것은 죽음을 의미함)

　　어이 놓아라

　　놓을 수 없어

　　열두 번 죽는대도 놓을 수 없어

― 모란 병풍을 둘러 세우고

　　정 깊은 우리 남편 돌아오기를 기다리네

　　어이 놓아라

　　아무래도 놓을 수 없어

　　지금 죽는대도 놓을 수 없어

― 한양성漢陽城 십리 밖에

높고 낮은 그의 분묘墳墓
영웅호걸 절세미인 그 몇인가
어이 놓아라
놓을 수 없어
칙령이 떨어진대도 놓을 수 없어

권주가

— 남기지 않고 끝없이 먹으니
산이나 바다를 먹어치우지 않겠다 맹세했으나
생선을 보고 술을 보니
그 맹세도 한이 되네
불로주를 빚어 만년잔萬年盞에 한 잔 따라
자아, 마셔라 마셔라
이 술 한 잔이면 천년만년 장수하리라

대략 이상(以上)!

『조선지실업』 제99호, 1914. 5.

조선 소화(朝鮮笑話)

● 선소자(善笑子)

머리말

저는 조선인입니다만, 조선에서 옛날부터 전해오는 우스운 이야기들을 매호 한 편씩 써서 찾아뵈려고 합니다. 우스운 이야기는 나라마다 존재하나 취향이 다른 것이 있으니, 조선의 우스운 이야기를 내지인이 보는 것 또한 다소 흥미 있는 일일 것입니다.

어느 여름날 막 쪄낸 송편(송편이라는 것은 조선의 떡 이름으로 조선어로는 '송편')을 사서 거리를 지나던 아이가 있었다. 그때 마침 갑자기 검은 구름이 뒤덮이고, 번쩍 하고 빛나는 번개와 함께 울리기 시작한 천둥소리에 아이가 놀라서 달려가는 바람에 송편 한 개를 떨어뜨리고 갔다. 그 뒤로 지나가던 산골 촌뜨기 두 사람이, 아직 송편을 몰라서 손에 들고 보다가,

"이건 신기한 물건이다. 하늘나라 사람의 알일까. 결이 매끈 매끈하다. 갓 낳은 걸로 보이는구나, 아직 따뜻하다. 주워 두면 하늘나라 사람의 병아리가 되겠지."

라고 말하며 소중히 집으로 가지고 돌아와 며칠이 지나는 동 안, 더위 때문에 주위가 검푸르게 썩고 하얀 털이 생겨 보기에 도 무서운 것이 되었다. 그리하여 두 사람이 또 생각하기를,

"이건 하늘나라 사람의 알이 아니다. 소나기가 쏟아질 것 같 은 하늘이었으니 천둥신의 알일 지도 몰라. 그렇다면 지금 두 들겨 부수는 것이 좋겠다."

라며 몽둥이로 두들겨 깼다. 그 순간, 안에서 팥소에 들어 있 던 대추씨가 튀어나와 한 사람의 눈알에 부딪히는 찰나, 비명 과 함께 땅에 쓰러졌다. 한 사람이 이를 보고 전율하며,

"이런, 이런… 이건 이상한 천벌이다. 나무아미타불."

『조선지실업』 제99호, 1914. 5.

조선 기문집

● 경성 고산생

조선 무쿠스케(椋助)

이 이야기는 고요산인(紅葉山人)[1]이 지은 『두 사람의 무쿠스케(二人椋助)』[2]의 취향과 매우 비슷한 점이 있다. 이에 조선 무쿠스케라 명명하겠다. 혹시 내지로부터 전해진 이야기는 아닌가 하여 너덧 명의 조선인에게 물었더니, 경성에도 있고 지방에도 있는 이야기라고 한다. 또한 너무나도 조선적 재료인 것 같기도 하고, 한편으로는 아라비안나이트 같기도 하고, 또 중국에서 전해진 이야기처럼 여겨지기도 한다. 이런 종류의 이야기에 취미를 가지신 독자 여러분께서 가르쳐 주시기를 바라며…

옛날 어떤 마을에 김 진사進士라는 양반이 있었다. 어떻게 해

---

1) 일본의 소설가이자 하이쿠 시인인 오자키 고요(尾崎紅葉, 1867~1903).
2) 『두 사람의 무쿠스케(二人椋助)』(『少年文學』 第2編, 博文舘, 1891). 안데르센의 동화 「큰 클라우스와 작은 클라우스」(1835)의 번안 작품.

서든 관리가 되고 싶어서 관리 임관 활동을 위해 경성으로 떠나게 되었다.

김 진사에게는 하인이 한 명 있었다. 나이는 아직 겨우 17, 8세였지만 나쁜 꾀로 가득 찬 교활한 자로, 그 누구도 본명을 부르지 않고 '악동이惡太郎'라 부르는 조선 제일의 나쁜 녀석이었다.

김 진사는 애마를 타고 악동이를 데리고 경성을 향해 발길을 재촉했다. 도중에 배가 너무 고팠다. 길 가의 국수집에서 막 삶아낸 국수를 그릇에 담고 있었다. 당장 가서 먹고 싶었지만 명문가 양반 체면에 그럴 수가 없어서, 하인인 악동이를 불러 국수를 한 그릇 사오라고 명했다. 악동이는 곧장 달려갔다. 사실은 인색한 주인이다, 두 그릇 주문해서 내게도 한 그릇 줄 만도 한데. 좋아, 그렇다면 이쪽에도 생각이 있지 하고는, 국수 그릇을 들고서 안에 든 국수를 자꾸만 휘젓고 있다.

이제나 저제나 기다리던 주인은 악동이가 국수를 휘저어 섞고 있는 것을 보고,

"이놈아, 그렇게 국수를 휘저으면 국수가 끊어져서 맛이 없어진다. 하지 마, 얼른 가져와라."

라고 했다. 악동이는 자못 걱정스러운 듯이,

"주인님, 당치 않은 짓을 저질렀습니다. 방금 이 국수 국물

속으로 제 몸에 있던 이가 한 마리 빠졌는데요, 아무리 찾아도 없습니다."라고 대답했다. 주인은 할 수 없다는 표정으로,

"네 놈은 덜렁대서 문제다. 좋아 그 국수는 네가 먹어라."
라고 했다.

사실은 이는 물론이고 아무것도 빠지지 않았다. 주인을 속여 국수를 먹게 됐다.

드디어 두 사람은 경성에 도착했다. 밥을 굶었기 때문에 주인은 곧장 식사 준비를 명했다. 식사 전에 주인은 잠시 외출했다. 곧 밥상이 날라져왔다. 온갖 진수성찬이 가득 차려져 있었다. 악동이는 또 다시 마음대로 나쁜 짓을 저질렀다. 그 음식을 전부 먹어 버리고, 대신에 악취가 나는 누런 변을 조금씩 담아 두었다.

주인은 공복을 참고 돌아왔다. 곧장 밥상으로 향했다. 틀림없이 맛있는 것이 있을 것이라 생각하며 들여다보니 어쩐지 색이 이상하다. 글쎄 이상하다, 이건 무어냐 하고 악동이에게 물어보니, 지금 막 들고 온 밤밥栗飯이라고 대답한다. 드디어 젓가락을 대보니 누런 변이다. 이게 무어냐 하고 어지간히 사람 좋은 주인도 불같이 화를 냈다. 정말 너는 괘씸한 녀석이다, 네가 한 짓이 틀림없다고 하자,

악동이 "그건 주인님 배를 통하지 않고 곧장 변이 된 겁니다. 신기한 일입니다."

라고 시침을 뗀다.

주인의 격노는 가라앉지 않았으나, 겨우 억눌러 참고 그 다음날 관청에 가기 위해 말을 준비하라고 명했다. 그리고,

"경성은 남의 눈이나 귀도 뽑아가는 곳이니 조심하고 있거라."

라고 일렀다.

악동이는 주인이 관아에 올라간 사이 말을 팔아 그 돈을 실컷 써버리고는, 주인이 돌아올 때쯤 말을 매어두었던 곳에 가서 자신의 눈과 귀를 헝겊으로 가려 묶고 서 있었다.

주인이 용무가 어느 정도 끝났기에 어서 말을 타고 숙소로 돌아가야지, 하고 마구간에 가보니 소중한 말이 없다. 악동이는, 하고 보니 눈과 귀를 단단히 묶고 그 앞에 서 있다.

"이봐, 어서 말을 가지고 오너라. 뭘 하는 게냐 눈이랑 귀를 묶고서."

라고 하자,

"아니, 주인님께서 경성에서는 눈이든 귀든 뽑아간다고 하셔서 혹시나 눈알이나 귀가 없어질까 봐 이렇게 하고 있습니다."

"말은 어떻게 된 거냐, 말은?"

하고 주인이 걱정스레 묻자,

"저는 이러고 있었기 때문에 아무것도 모릅니다. 아마 누군

가가 끌어내간 거겠지요, 그렇지만 제 눈과 귀가 뽑히지 않아 다행입니다."

라고 말했다.

"무슨 소리냐, 네 녀석은 어지간히 바보로구나. 눈이랑 귀가 뽑힌다고 한 건 그만큼 도둑이 많으니까 말 관리에 주의하라고 한 것이다."

"그렇습니까. 그럼 그렇다고 말씀해 주셨으면 조금이라도 말에 주의했을 텐데요."

라고 말했다.

주인도 이거 또 악동이에게 당했구나 라고 깨닫고, 이 녀석과 함께 있다가는 무슨 일을 당할지 모르겠다, 혹시 목숨을 뺏길지도 모른다, 거리를 두어야겠다며 주인,

"좋다, 말이 없어진 건 할 수 없지. 말이 없으면 경성에서 네가 할 일이 별로 없다. 고향에서도 걱정하고 있을 테니 너는 빨리 돌아가서 내가 가기를 기다려라. 잠깐 네 등 좀 빌려다오."

라며 무언가 써 붙였다. 그리고,

"네가 돌아가면 집안사람들에게 네 등을 보여 주어라. 쓰여 있는 대로 하라고 해라, 만약 그렇게 하지 않으면 자손이 망한다는 신의 계시가 있었다고 해라."

고 이르며 고향으로 쫓아 보냈다.

악동이는 할 수 없이 고향을 향해 출발했다. 가는 도중에 어떤 마을 변두리에서 한 노파가 아기를 안고 발을 올렸다 내렸다 하면서 참깨를 빻고 있다. 악동이가 성큼성큼 다가가서,

"할머니, 너무 힘드시죠. 제가 대신 아기를 안고 있겠습니다. 자 이리 주세요."

라며 젊은이에겐 어울리지 않는 상냥한 어조로 말을 걸어주니, 노파는 무심코 아이를 악동이에게 건네주고 말았다. 그러자 한 손에는 아이를 안고 한 손으로는 참깨를 만지작대며,

"거참 맛있어 보이는 냄새네."

라면서, 잽싸게 참깨를 퍼 올리고 그 절구 속에 아기를 넣고는 참깨를 들고 달아나버렸다. 이거 큰일이라며 노파가 쫓아가려고 하니 발판에서 발을 떼어야 하는데 발을 뗀다면 아기의 머리를 찧고 만다. 어머 어머 하는 새 그림자도 없이 사라져 버렸다.

감쪽같이 도망친 악동이가 붉은 혀를 날름대며 참깨가루를 먹으면서 가고 있자니, 맞은편에서 벌꿀 장수가

"벌꿀 사려."

하고 다가왔다. 이거 참 운도 좋네 라며 벌꿀과 참깨 약간을 바꾸고는, 참깨에 벌꿀이라니 이 또한 특별한 맛이로구나 하며

먹으면서 가다보니, 또 맞은편에서 스님이 터벅터벅 걸어왔다.

"여보세요, 스님. 제 부탁을 들어주시면 이 벌꿀에 참깨가루를 뿌린, 맛있는 것을 드리지요."

라고 한다. 스님은 싱글벙글하며,

"그 부탁이라는 게 뭔가."

라고 묻자,

"아니, 별 건 아니고 제 등에 뭐라고 쓰여 있는지 봐 주십시오."

"좋아, 봐 주지."

하고 등의 글자를 보면서,

"허어, 이놈이 집에 도착하면 곧장 죽여라. 만약 죽이지 않는다면 일가가 전멸하고 말 것이라는 신의 계시가 있었다고 적혀 있다."

라며 그대로 읽었다.

악동이는 깜짝 놀라, "그건 잘못된 겁니다, 저희 주인은 제게 너무나 은혜를 입었다고 생각해서 저에게 재산과 둘째 딸을 주겠다고 하셨습니다. 그걸 이것을 쓴 사람들이 부럽게 생각해서 그렇게 바꿔 쓴 겁니다. 당신도 남을 돕는 스님이라면 부디 고쳐 써 주십시오."

라고 공손하게 부탁했다. 스님은 그게 정말이라고 생각해서,

"좋아, 그러면 고쳐 써 주지."

라고 등을 닦고 악동이가 말하는 대로 다시 썼다.

악동이는 이것으로 다행이라며 스님에게는 약간의 꿀을 주고, 주인이 돌아오기 전에 가야겠다고 서둘러 주인의 집에 도착했다. 그리고 주인의 부인에게,

"주인님은 이번에 평양 감사가 되셨습니다. 그래서 저에게 빨리 돌아가서 여러분에게 알리라고 하셨기 때문에 주인님보다도 먼저 왔습니다. 주인님께서는 곧 돌아오실 것입니다."

라고 마치 사실인 양 고했다. 주인의 부인이 매우 기뻐하며,

"그래도 무언가 편지라도 받아 왔는가?"

라고 물으니,

"그렇습니다. 너는 잘 잃어버리니 등에 써 두겠다, 그러면 도중에 잃어버릴 염려가 없다 하시며, 등에 써 주셨습니다. 자아, 읽어 보세요."

라며 등을 내밀었다. 그러하냐며 가족들이 모여 등을 보니 거기에는 어찌된 일인지, '이 자 덕에 나는 평양 감사에 임명되었다. 이 자는 나에게 충의를 다한 자이다. 그러므로 밭 구백 마지기와 만 원을 분여하고, 또한 둘째 딸을 아내로 맞아들이게 해야 마땅할 것이다. 만약 그리 하지 않을 때에는 일가가 전멸할 것이니 이는 신의 계시이니라'라고 쓰여 있었다.

가족들은 너무한다며 얼굴을 마주보며 놀랐으나, 일가 전멸

이라니 별 도리가 없다며 그 명령대로 실행하고 사랑하는 딸도 그에게 주었다.

한편 주인은 경성에서 용무를 마치고, 지금쯤은 악동이라는 녀석도 지하에 잠들어 있겠지 하며 서둘러 돌아왔다. 와서 보니, 어제 딸의 결혼식을 마쳤다고 하는 것이다. 어디의 누구와 했냐고 묻자 실은 명령대로 하인 악동이와 했다는 것이다. 그렇다면 아직도 그 녀석이 살아서 이런 나쁜 속임수를 썼는가, 너무나 화가 난다며 분하게 여겼지만, 이미 엎질러진 물일뿐이다. 하는 수 없이 실은 이러이러 하다고 지금까지의 자초지종을 남김없이 이야기했다. 이를 들은 가족들은 참으로 밉살맞은 녀석이다, 어서 죽여 버리자면서 커다란 자루에 억지로 밀어넣고 삼노끈으로 칭칭 묶어 강에 던져버리기로 했다.

어지간한 악당인 악동이도 결국 붙들려 자루에 담긴 채 김 진사에게 끌려가게 되었다. 김 진사는 도중에 지인을 잠깐 방문하려고, 이 자루를 문에 매달아 놓고 안으로 들어갔다. 마침 이 때 문 옆을 지나던 한 맹인이 그 자루에 부딪쳤다.

"이건 뭐지, 커다란 물건이구나. 눈이 보이지 않는 사람도 지나다니는 이런 큰 길에."

라는 말을 들은 악동이,

"아아 뜨였네 뜨였어, 눈이 번쩍 뜨였네."

하고 큰 소리로 외쳤다. 이를 들은 맹인은,

"뭐라고 눈이 뜨였다고, 어떻게 해서 눈이 뜨였소?"

"아니 내 눈은 13년 동안 보이지 않았는데, 이 자루에 들어온 지 채 한 시간도 되지 않는 새, 눈이 뜨였다. 빨리 이 자루를 풀어 줘."

"그렇소? 그럼 나도 들어가겠소."

"그렇다면 들어오게, 사람이 와도 조용히 있어야 하네."

하고 자기 대신에 맹인을 집어 넣고 자신은 맹인의 두건과 지팡이를 가지고 쏜살 같이 도망쳐 버렸다.

김 진사는 용무를 끝내고 서둘러 그 자루를 메고 강가에 가서,

"자아 지금까지 나쁜 짓을 한 응보다. 성불해라."

라고 하자,

"아니 저는 아무 것도 나쁜 짓을 한 기억이 없다."

라고 하는데, 말을 끝맺기도 전에 첨벙 하고 맹인이 든 자루는 강 한가운데로 던져졌다. 이로써 악마를 처치했다며 주인은 크게 안심하고 집으로 돌아갔다. 악동이를 수장하고 사흘도 지나지 않은 어느 날 저녁 무렵 갑자기 악동이가 돌아왔다. 김 진사 가족은 악동이의 유령이 나타났다며 도망치려고 우왕좌왕했다.

악동이가 조용히 말하기를,

"여러분, 기다리십시오. 도깨비도 유령도 아닙니다. 진짜 악동이입니다. 저는 주인님과 헤어지고 강 속으로 점점 가라앉았습니다만, 그 기분은 뭐라 할 수 없을 정도로 좋았습니다. 좀 지나니 아름다운 용의 문 앞에 도착했습니다. 잘 보니 그림책 같은 데서 본 용궁이었습니다. 정말 아름답구나 하고 들여다보고 있자니 안쪽에서 음악소리가 조용하게 흐르며 용궁의 선녀님이 마중을 나오셔서, 구슬 같은 예쁜 목소리로 '잘 오셨습니다, 어서 이쪽으로 오세요.'라고 하여, 시키는 대로 따라가니, 지금껏 본 적이 없는 훌륭한 궁전에, 세상의 진미를 모아 둔 진수성찬에, 드디어 돌아올 때가 되니 이걸 보십시오, 이건 산호로 만든 지팡이에 산호 두건입니다."

라고 입에서 나오는 대로 지껄이며, 맹인의 두건과 지팡이를 붉게 물들인 것을 사실인 것처럼 보여주었다. 김 진사 일가는 그 말을 철석 같이 믿고, 그렇다면 우리들도 이야기로만 들은 용궁인가 하는 곳에 가 보고 싶다고 하게 되었다.

"쉬운 일입니다. 그러면 낮보다는 밤이 좋으실 겁니다. 제가 가라앉은 곳으로 함께 가시지요."

하고 김 진사 일가를 배에 태워, 요전에 맹인을 던진 곳에서 배를 세우고,

"자아 여러분, 돌멩이를 두 개씩 품속에 넣으십시오. 또한

용궁에는 장유長幼의 순서가 정해져 있으니, 연장자부터 먼저
들어가는 겁니다."
라며 김 진사 부부를 비롯해 그 아들과 딸들을 한 명씩 가라
앉혔다. 마지막으로 막내딸은 남겨 놓고 함께 데리고 돌아가
김 씨 일가의 주인이 되었다는 이야기이다.

착한 사람이라도 지혜가 부족하면 망하고, 나쁜 사람이라도
지혜가 있으면 어쨌든 한때는 성공하는 일이 있다. 누구나 상
당한 지식을 가지고 이 김 진사의 전철을 밟지 않도록 힘쓰지
않으면 안 될 것이다.

『조선지실업』 제99호, 1914. 5.

162

신라 최치원 행각(行脚)[1]의 인상

● 이나다 슌스이(稲田春水)

　신라시대 대표적으로 이름이 난 유학자로서 후세에 남은 사람은 대략 두 사람이다. 한 사람은 설총薛聰, 또 한 사람은 최치원崔致遠이다. 설총은 명승名僧 원효元曉의 아들로서 박학하였고, 신문왕神文王 12년에 중용되었다. 그는 방언方言으로 구경九經[2]을 풀이하였고, 이어俚語[3]로 이찰吏札[4]을 만들어 정부와 관청에서 쓰이도록 했다.

　이것이 곧 후에 이씨 조선에 이르러 완성된 바, 반도의 독특한 문자인 언문諺文, 이두문자의 시작이라고 할 수 있을 것이다. 이처럼 문장가로서의 명성에도 불구하고, 오늘날에 이르기

---

1) 여러 곳을 돌아다니며 도를 닦음.
2) 중국의 고전인 아홉 가지 경서(經書)로, 『주역(周易)』, 『시전(詩傳)』, 『서전(書傳)』, 『예기(禮記)』, 『춘추(春秋)』, 『효경(孝經)』, 『논어(論語)』, 『맹자(孟子)』, 『주례(周禮)』.
3) 항간에 떠돌며 쓰이는 속된 말.
4) 이두(吏讀). 삼국시대부터 한자의 음과 뜻을 빌어서 우리말을 표기하던 방법의 하나.

까지 그의 글월이 남아 있지 않은 것은 정말로 유감이다. 그에
비해 최치원은 반생을 풍월에 바쳐, 한운야학閑雲野鶴5)을 벗 삼
은 그의 유적은 실로 적지 않다. 시험 삼아 내가 견문한 바를
들어 여러분이 참고하여 도움이 되게 하고자 한다. 이와 관련
하여 최치원의 사람됨에 대하여 지극히 간단하게 설명하겠다.
그의 호는 해천海天, 자는 고운孤雲 혹은 해운海雲이라 하며, 왕
경王京의 사량부沙梁部, 즉 지금의 경상북도 경주에서 태어났다.
이는 신라 46대 문성왕文聖王 18년 때이며, 일본의 덴안天安 원
년, 당唐 대중大中 11년, 서력 857년에 해당한다. 그는 어렸을
때부터 학문에 뜻을 두어, 열두 살 때 당나라로 건너가 학문을
닦았다. 열여덟 살 때 급제하자 곧 선주宣州의 표수현위漂水縣尉
가 되었으며, 승무랑承務朗, 시어사侍御史, 내공봉內供奉에 올라
자금어대紫金魚袋를 하사받았다. 황소黃巢의 난 때, 병마도통兵馬
都統인 고병高騈의 신하로서 참가하여 큰 힘이 되었다. 황소에
대한 격문과 같은 것은 누구나 감복하지 않을 수 없다. 이 때
문에 명문名文으로 천하에 알려진 것이다. 광계光啓 원년, 그가
스물아홉 살 때 당 희종僖宗의 칙서를 가지고 신라로 귀국했다.

---

5) 한가로운 구름 아래 노니는 들의 학(鶴)이란 뜻으로, ①벼슬과 어지러운 세상을
   버리고 강호(江湖)에 묻혀 사는 사람을 나타냄, ②한가로운 생활로 유유자적하는
   경지를 말함.

이는 실로 신라 49대 헌강왕憲康王 10년 때이다. 신라에 머무르며 시독 겸 한림학사侍讀兼翰林學士, 수병부시랑守兵部侍郎, 지서서감知瑞書監이 되었다. 그 스스로는 서학西學하여 얻는 바가 많았으나 당시의 궁중은 동학東學에 속하였으므로, 자신의 뜻을 펼치려 하여도 의심과 꺼림 때문에 용납되지 않음을 알고는, 결국에는 궁에서 나와 대산군大山郡(지금의 전라북도 태인군)의 태수太守가 되었다. 다음으로 부성군富城郡(충청남도 서산군)의 태수로 옮겨갔을 때 시무時務 10여조條를 조정에 상소하였으니, 당시 진성여왕眞聖女王이 이를 기꺼이 받아들여 아찬阿飡의 직을 받았다. 그러나 치원은 세상이 혼탁하고 어지러운 것을 한탄하여 다시 벼슬에 나아갈 뜻이 없어, 산자수명山紫水明의 경지에 정을 두고 정자를 세워 송죽을 심고, 책에 파묻혀 풍월을 읊으며 호연지기를 길렀던 것이다. 말년에는 가야산伽倻山(경상남도 합천군)에 은둔하며 동복형인 부도浮圖 현준賢俊 및 정현사定玄師와 도우道友를 맺고 여생을 보냈다. 그러나 그가 임종을 맞이한 장소와 날짜는 지금도 불명이다. 내가 생각하기에 신문왕이 관직을 높여 주며 설총을 맞이했던 것처럼, 헌강왕 역시 최치원을 중용하여 그 오랜 학식을 유감없이 발휘하도록 했다면, 틀림없이 그 당시 유림의 학문이 더 한층 흥하여 면목 일신하고 일대 광채를 발하여 반도문학사상 특기할 만한 것이 있었을 것이니, 참으로 안타까운 일이라 본다. 더욱이 그가 남긴 유고遺稿 『치원』 46집 1권, 『계원필경桂苑筆耕』 20권은 반도문학 최고의 가집家集으로서 오늘날에 전해지고 있다. 또 그는 고려 8대 현종顯宗 11년, 우리 관인寬仁 4년에 동방의 유신으로서 문묘文廟에 배향되었다(일설에는 고려 4대 광종 때 문묘에 배향되고 문창공에 봉해졌다고 한다). 또한 그를 숭배하여 마련한 무성서원武城書院은 현재 전라북도 태인군에 남아 있다. 지금 그가 유람했던 산천에 세워진 금석유문金石遺文 및 그 외의 것들을 열거하면 대체로 다음과 같다.

상서장(上書莊)

경상북도 경주 금오산의 북쪽에 있다. 고려 태조 왕건이 흥하려 하였을 때 최치원에게 방책을 물었다. 최가 올린 상서문의 문구 중에 계림황엽곡영청송鷄林黃葉鵠領靑松(계림황엽은 신라의 쇠망을 가리키며 곡영청송은 고려의 발흥을 가리킨다)이란 말이 있었다. 신라왕이 이를 불쾌하게 여겼기 때문에, 최치원과 가족은 가야산에 은거하였다. 그 시대의 사람들은 감식의 명확함에 탄복하였다. 이에 머물던 곳을 상서장이라 이름 붙였다(고려시대에 공을 인정받아 문창공에 봉해졌다고 한다).

제시석(題詩石)

경상남도 합천군 가야산 홍류동紅流洞에 있는데 돌에 새긴 칠언절구 시의 내용은,

광분첩석후중만(狂噴疊石吼重巒)
첩첩 바위 사이를 미친 듯 달려 겹겹 봉우리 울리니

인어난분지척간(人語難分咫尺間)
지척에서 하는 말소리도 분간하기 어렵구나

상공시비성도이(常恐是非聲到耳)
늘 시비(是非)하는 소리 귀에 들릴까 두려워

고교류수진롱산(故敎流水盡籠山)
짐짓 흐르는 물로 온 산을 둘러 버렸노라

사람들이 그 바위를 일러 치원대致遠臺라고 한다.

월영대(月影臺)

경상남도 마산만두灣頭 본정本町 5정목丁目에서 중포병대대 병사로 통하는 길가 수십 보步의 땅, 오래된 팽나무 사이에 비석이 하나 있어 월영대라는 세 글자가 새겨져 있다. 고색창연한 필체는

춤 추는 듯 하다. 그 전방, 즉 대의 중앙에 덮개가 있는 비석이 또 하나 있다. 문창공 최선생 유허비文昌侯崔致遠遺墟碑라 쓰여 있다. 이 외에 마산 부근에는 그가 명명한 유적이 적지 않다.

진감선사비(眞鑑禪師碑)

경상남도 하동군 지리산 쌍계사雙溪寺에 있다. 최치원이 지은 글로 당나라 광계光啓 3년, 우리 인나仁和 3년, 서력 887년에 건립되었다.

석문각자(石門刻字)

위와 동일하게 쌍계사 동구洞口에 있다. 쌍계석문雙溪石門이라는 네 글자를 새긴 최치원의 필적이다.

난가대(爛柯臺)

경상남도 청량산에 있다. 세간에서는 최고운이 바둑을 두던 곳이라 한다. 돌이 하나 있는데 바둑판과 같고, 그 옆에 있는 석굴 안에 한 여인의 상이 안치되어 있다. 이는 고운이 은거할 당시 취사를 맡아주던 여종이라고 한다.

지증선비(智證禪碑)

경상남도 상주군 희양산曦陽山 봉암사鳳巖寺에 있다. 최치원의 찬문撰文이다.

야유암(夜遊巖)의 삼대자(三大字)

위의 봉암사 옆에 있다. 이 또한 최치원의 글이다.

낭혜화상보광탑(朗慧和尙葆光塔)

충청남도 남포군藍浦郡 성주사聖住寺에 있다. 최치원의 찬문을 사촌동생인 최인연崔仁渷이 썼다.

강당사비(講堂寺碑)

충청 우도 해미군에 있다. 최치원의 찬문인데 성주사와 강당사 모두 황폐해졌다.

완폭대(玩瀑臺)

경상남도 지리산 청학동 불일암 옆에 있다. 이 암자는 낭떠러지에 임해 있어 아래로 수백 길, 암자 앞에는 학연폭포鶴淵瀑布

가 있어 떨어지는 물의 길이가 백 여 척尺이라 마치 하얀 무지개와 같다고 전해진다. 최치원이 완상玩賞한 곳이다.

해인선안주원벽기(海印善安住院壁記)

경상남도 합천군 가야산 해인사海印寺에 소장되어 있다. 최치원이 쓴 것이라 한다.

희랑 대덕군(希朗大德君)을 기리는 십절(十絶)

위와 같은 해인사에 소장되어 있다. 최치원이 쓴 것으로 전해진다(네 수가 빠져 있다).

독서당(讀書堂)

경상남도 합천군 가야산에 있다. 세상에 전해 오는 말에는 최치원이 가야산에 은둔하다, 어느 날 아침 일찍 일어나 집을 나서 갓과 신발을 수풀 사이에 남겨 두고 나간 뒤 행방이 묘연해졌다고 한다. 해인사 승려는 그날 명복을 빌고 얼굴을 그린 화상을 독서당에 남겨 두었다. 당의 터는 반약사般若寺 서쪽에 있다.

『조선공론』 제1권 제1호, 1913. 4.

170

조선 기담집

물 건너는 스님(渡水僧)

한 스님이 있었다. 과부 모씨와 은밀히 정을 통하여 그녀를 취하려던 날 저녁에 승제僧弟가 그를 속여 말하기를, 날콩을 빻아 물에 타 마시면 즉시 정력에 도움이 된다고 하였다. 스님은 이를 믿고 콩물을 마시고 과부의 집에 다다랐다. 배가 빵빵하고 자꾸만 설사를 하여 곤란할 지경이라 거의 기다시피 가까스로 과부의 집에 들어가 휘장을 드리우고 앉았다. 발로 항문을 괴고 눈도 못 돌리고 있다가, 갑자기 부인이 들어왔으니 스님은 정좌하며 더욱 움직이지 못했다. 과부가 말하기를, 왜 이렇게 나무인형처럼 있냐며 곧장 손으로 그를 밀었다. 스님이 옆으로 쓰러지며 설사를 발사하여 구린내가 방안에 가득 차고,

오물이 산산이 흩어져 이를 견디기 힘들었다. 과부가 매우 화
가 나서 몽둥이로 마구 때려 집 밖으로 쫓아내니 때는 이미
한밤중이었다. 홀로 가는데다 길까지 잃어버렸다. 눈앞에 희끄
무레한 것이 가로놓여 있었다. 스님은 강물이라 생각하고 옷을
걷어올리고 안으로 들어갔다. 다름 아닌 메밀꽃이다. 스님은
몹시 화가 나서 갔다. 또다시 희끄무레한 길이 가로놓인 듯이
보인다. 혼잣말로 말하기를, 이미 메밀밭을 내가 잘못 알았는
데 또 메밀밭이 나타나니 똑같은 실수를 되풀이할까보냐, 하고
옷을 걷지 않은 채 가로질러 들어섰다. 들어가니 정말로 강물
에 빠져, 옷이 모두 젖어 괴로워하며 화를 냈다. 가다가 다리
를 지났다. 아낙 여럿이 냇가에서 쌀을 씻고 있었다. 스님은
입맛이 시다, 시어라고 말하며 낭패한 기색을 보였다. 아낙들
은 그 이유를 몰랐기 때문에 무리를 지어 몰려들어 그를 가로
막고 이르기를, 술을 빚을 쌀을 씻고 있는데 어째서 시다는 말
을 하느냐며 불길하기 짝이 없다고 얼굴을 꼬집고, 옷을 찢으
며 몰아냈다. 잠시 가다 보니 해가 이미 높이 떴으나 아직 아
무 것도 먹지 못해 배고픔을 참지 못하고 밭에서 참마를 캐어
이를 씹어 먹었다. 갑자기 고함소리가 들렸다. 이는 수령이 지
나가는 것이라, 스님이 다리 밑으로 엎드려 도망쳐 가만히 생
각하기를, 참마가 꽤 맛있으니 만약 이를 수령의 부하에게 진

상한다면 밥을 얻을 길이 있을 거라며, 수령이 지나가는 다리에 이르자 번연히 뛰어나갔다. 수령의 말이 크게 놀랐기 때문에 수령이 낙마하여 땅에 떨어졌다. 매우 화가 나서 스님을 잡아 몽둥이찜질을 하고 가버렸다. 스님은 신음하며 길가에 드러누워 있었다. 순관巡官[1] 몇 명이 다리를 건너려다 이를 보고 말하기를, 죽은 스님이 있으니 잘 됐다, 이 사람을 이용해서 봉술棒術을 익혀야겠다며 다투어 마구 공격했다. 스님은 더욱더 공포에 질려 탄식하며, 이리저리 구르며 괴로워했다. 갑자기 또 한 사람이 나타나 칼을 뽑아들며 말하기를, 죽은 스님의 양물은 영약이 된다고 외치며, 정말로 잘라 쓰려고 했다. 스님은 경악하여 크게 소리치며 정신없이 도망쳤다. 황혼녘에 절문 앞에 당도했다. 이미 문이 굳게 닫혀 들어갈 수가 없었다. 큰 소리로 승제를 불러 빨리 나와서 문을 열라고 하자 승제가 말하기를, 우리 스님은 과부의 집에 가 계신다, 너는 누구냐, 게다가 심야라는 걸 틈타 문을 열어 달라고 해도 열어 줄 수 없다며 내다보지도 않는다. 스님은 고통에 못 이겨 하는 수 없이 개구멍으로 들어가려고 했다. 승제가 말하기를 어느 집 개냐, 어젯밤에도 기름을 핥아 먹고 가더니 오늘 또 왔냐며, 즉시 몽둥이를 들어 그를 난타했다. 이 때문에 지금에 이르러서도 무

---

1) 조선시대에 도성 안의 경수소(警守所) 및 각 성문(城門)을 순찰하던 벼슬.

슨 일에든 낭패하고 고난을 겪는 사람을 일컬어 반드시 '물 건
너는 스님'이라 한다.

『조선공론』 제1권 제1호, 1913. 4.

조선 기담집

의기천금(義氣千金)

  역관1) 홍순언洪純彦,2) 만력 병술정해丙戌丁亥 연간에 사신을 따라 황경皇京3)에 갔다. 그때에 새롭게 지어진 청루靑樓4) 한 채가 있었다. 문미門楣5)에 걸린 간판에는, 은 천 냥이 없으면 들어오는 것을 허락하지 않는다고 쓰여 있었다. 중국의 방탕한 자제들이 모두 가격이 비싸기에 뜻을 이루지 못하였는데, 홍 역관이 이를 듣고 이름값이 그토록 비싸다면 그 값을 받는 곳의 여자는 반드시 천하일색일 것이다, 정말로 경국지색 같다면 천 냥 따위가 아깝겠는가 하고, 시험 삼아 문으로 들어가 찬찬

---

1) 조선시대에 외국어 통역을 전담한 관리.
2) 홍순언(洪純彦, 1530~1598). 조선 중기에 활약한 역관.
3) 황제가 있는 나라의 서울.
4) 기생집.
5) 문 위에 가로로 댄 나무.

히 살펴보았다. 그런데, 그녀는 방탕한 창기가 아니라 모 시랑
侍郞의 딸로, 모 시랑은 공금 수만 냥을 횡령하고 옥에 수감되
어 죽어 마땅한 죄를 지음으로써 가산을 탕진하고 인척에게까
지 징수하기에 이르러, 부족한 액수가 3천 냥이나 되었다. 목
숨을 부지하기 위해서는 그 외엔 다른 도리가 없으니, 이미 후
손이 없고 오직 딸 하나뿐인데, 용모가 아름답고 빛나는 재주
를 지녀 다른 이에 비해 두드러지게 뛰어났다. 그녀는 슬퍼하
며 원망하다 몸을 팔아 돈을 벌어 모자란 돈을 내고 아버지의
목숨을 구하려고 어쩔 수 없이 이러고 있다고 말했다. 홍 역관
이 이를 듣고는 그 정경을 불쌍하고 가엾게 여겨 그 여자를
구하고자 곧장 문을 나서, 행중 모든 사람에게서 은을 모으니
그것이 수천에 이르러 청루에 보낸 뒤, 사절을 따라 황경을 떠
났다. 그녀는 전혀 몸을 더럽히지 않고 간단하게 천금을 얻어
공금을 납부하고, 실로 죽을 뻔 했던 아버지의 목숨을 구했다.
감송은덕感頌恩德, 하늘만큼 높고 바다만큼 깊어 마음 깊이 새
기고 잠시라도 잊지 못하였다. 때문에 청루를 그만두고 본가로
돌아갔다. 후에 석石 상서尙書 성계星繼의 아내가 되어 특별히
비단을 짜서 필마다 보은이라는 두 글자를 수놓아 행인 편에
신근申勤하게 보내기를 세월이 흘러도 그만두지 않았다. 임진
왜란 때 선조宣祖가 룡완龍灣으로 파천播遷하여 대국에 원조해

176

줄 것을 간청하였다. 이 때 홍 역관도 수행하여 왔다. 이 때 석 상서는 병부상서兵部尙書의 직을 맡고 있었는데 홍 역관의 높은 뜻을 부인에게서 자주 들어온 한편, 부인도 홍 역관이 온 것을 듣고 열심히 상서에게 간청하여 그 주선을 요청했다. 석 상서는 황제에게 상고하여 조정에 하탁하여 이여송李如松[6) 제독을 보내어 군사 3천여 명, 병마兵馬 수만 필을 이끌고 이를 돕게 하였다. 또한 양곡과 은을 하사하여 이로써 백성을 구제하도록 하였다. 결국 왜란을 평정하고 궁궐을 숙청하여 선조는 다행히 서울로 돌아갈 수 있었다. 이는 원래 명의 신종황제가 소국을 자휼字恤하여 번병藩屛을 다시 세워 준 은덕이지만 그 사이에서 석 상서 부인이 힘을 써 준 효과가 있다 해야 할 것이다.

『조선공론』 제1권 제2호, 1913. 5.

6) 이여송(李如松, 1549~1598). 중국 명(明)의 장수로서 임진왜란 당시 명의 2차 원병 (援兵)을 이끌고 참전함.

조선 기담집

● 나루시마 아키유키(成島秋雪)

술 한 말에 시 백 운

동천로東天輅,1) 문장에 나타난 말이 넉넉하고 화합하며 시 또
한 아름답고 새로워, 정밀한 것과 거친 것이 서로 어우러져 곧
무수한 문장을 이루니, 도도히 막힘이 없어 감히 대적할 자가
없었다. 선조宣祖 말년, 황제의 사신 주지번朱之蕃2)이 왔다. 주
는 강남江南의 재주 있는 남자라 우아함과 풍류가 있어, 이르는
곳마다 그의 시문이 찬란하게 빛나 인구에 회자되었으므로 조
정에서도 빈사賓使를 선정하는 데 지극하게 신경을 써, 이월사
李月沙3)를 접반接伴4)으로 삼고 이동악李東岳5)을 연위延慰6)로 삼

---

1) 조선 중기의 문신 차천로(車天輅, 1556~1615)의 오기로 추정.
2) 생몰년 미상. 명나라 산동(山東) 사평(莊平) 사람.
3) 조선 중기의 문신 이정구(李廷龜, 1564~1635)의 호.
4) 사신이 머무는 곳에 임시로 파견되어 사신을 맞아 접대하던 관원.
5) 조선 중기의 문신 이안눌(李安訥, 1571~1637)의 호.

179

앉으며, 그 보좌관들 또한 명 문장가들이었다. 그들은 길을 따라 시를 주고받으며 평양에 도착했다. 주 사신이 저녁이 되자 기도箕都7)에 내려오더니, 보좌관들에게 명하기를 오언율시五言律詩 백 운韻을 날이 밝기 전에 지어 놓으라고 하였다. 이에 월사는 크게 두려워하며 모든 사람들을 모아 놓고 이를 의논하였다. 모두 말하기를, 지금은 바야흐로 밤이 짧은 때이니 한 사람이 해낼 수 있는 일이 아니다, 만약 운을 나누어 짓고 합하여 한 편으로 만든다면, 바라건대 그에 이르는 것이 가능할 듯도 하다고 하였다. 월사가 이르기를, 사람들은 각기 명의命意8)가 같지 않으니 어떻게 그를 합해 문리文理를 이룰 수 있을 것인가, 오로지 한 사람에게 맡기는 것이 상책이다, 오직 차복원車復元9)이 그에 걸맞을 것이라고 하며, 결국 이를 맡겼다. 천로가 말하기를, 이는 맛있는 술 한 동이와 큰 병풍 한 좌坐와 함께 한 경홍(韓景洪, 1543~1605)10)이 집사11)를 맡아 주지 않으면 불가능하다고 하였다. 월사가 명하여 그것을 갖추고, 대청에 큰 병풍이 세워지니 천로는 수십 잔의 술을 마시고 병풍 안으로 들어갔다.

---

6) 조선시대 외국 사신을 영접하던 임시 관직.
7) 평양의 옛 명칭.
8) (작문이나 회화의) 주제를 정하는 것.
9) 차천로의 자(字).
10) 조선 중기의 서예가. 호는 석봉.
11) 집필(執筆)의 오기로 추정.

한호韓護12)는 병풍 밖에서 열 장 연폭聯幅의 큰 화전華牋을 펼쳐 놓고 붓을 적셔 이에 임했다. 천로는 병풍 안에서 문진으로 책상을 자꾸만 두드리며 고동음풍鼓動吟諷하더니 이윽고 큰 소리로 외쳐 말하기를, 경홍景洪아 쓰거라라고 하였다. 뛰어난 문장들이 끊임없이 계속해서 나오니, 호는 부르면 따라서 기록하였다. 순식간에 외치는 소리가 진동하며 뛰어오르는데, 흐트러진 머리카락과 알몸이 병풍 위로 출몰한다. 신속한 매, 놀란 원숭이인들 그에 비할 수 없었다. 입으로 외치는 것은 마치 물이 용솟음치고 바람이 부는 듯하여, 호의 속필도 쉴 틈이 없었다. 밤이 깊기도 전에 오언율시 백운이 벌써 완성되었다. 천로는 크게 소리치고는 취하여 병풍을 쓰러뜨렸는데, 살찐 벌거벗은 몸이 취해서 쓰러져 있었다. 모두가 그 시를 받아 머리를 맞대고 일람하니 기쾌奇快하지 않은 곳이 없었다. 닭이 울기도 전에 통사通使를 불러 진정하니, 주공이 즉시 일어나 촛대를 들고 이를 읽었다. 아직 절반도 읽기 전에 손에 쥐고 있던 부채가 두들기다 부서지고, 시를 읊조리는 소리가 밖으로 낭랑하게 울려 퍼졌다. 날이 밝자 빈사儐使에 대해 감탄하며 칭찬하였다.

---

12) 한경홍의 자(字).

사람 삼(三) 짐승 칠(七) 이근

지금으로부터 삼백여 년 전에 이근李謹이라는 기인이 있었다. 근은 처음 어머니의 태내에서 나올 때 마치 고기 덩어리와 같이 신체를 구비하지 못하여 자세히 보면 그 고기 덩어리 안에 눈과 코가 붙어 있고 또한 온몸에 털이 나 있어 새끼 돼지처럼 보였다. 부모가 이 기형아를 낳은 것에 놀라서, 이 같은 불구자는 키운다 해도 인간으로서 쓸모가 없을 뿐만 아니라 다른 사람의 조롱을 피할 수 없으니 오히려 죽여서 나중의 슬픈 근심을 없애자고 결의하고는 아이를 헝겊에 싸서 마당 나무 아래에 두었다. 잠시 후 까마귀 몇 마리가 몰려들어 까악까악 울며 아이를 쪼아대니 아이가 외로이 울음을 터뜨렸다. 그 슬픈 울음소리와 무참한 모습을 문틈으로 훔쳐보던 부모는 측은한 마음이 들어 결국 버리지 못하고 아이를 거두어 길렀다.

후에 성인成人이 되자 키가 3척이 되지 않고 검고 긴 머리털이 땅에까지 닿았으며 또한 수염이 한 자나 되었다. 게다가 손과 발에 털이 가득한 것이 돼지털 같았고 그 보행하는 모습은 절뚝절뚝하며 똑바로 걷지를 못하니 어떻게 봐도 사람이 삼이요 짐승이 칠로밖에는 보이지 않았다. 근은 스스로가 장애인임을 알아 사람을 볼 때마다 몸을 숨기고 문밖으로는 한 번도

나간 적 없이 집안에서 글을 배웠다. 이러한 불구자인 근은 총명함이 두드러지게 뛰어나 배움에 있어 책을 덮고도 한 자도 틀림없이 술술 암송하였는데, 그리하여 경전經傳과 사기史記 등에 모두 정통精通하지 않음이 없었고 또한 글과 글씨를 잘 썼다. 그리고 그 중에서도 가장 잘하는 것은 시詩를 쓰는 것이었으며 또한 노래를 잘하였으니 이는 천륜의 재능이라 아니할 수 없었다.

문족門族에 황정욱黃廷彧[13])이라는 사람이 있었다. 근이 보통 사람이 아니라는 것을 듣고는 찾아와서 보았다. 처음에는 시험 삼아 말로써 시를 지으라고 했더니 그 소리에 답하여 즉시 지었는데 그 시가 한 구 한 구 아름답지 않은 것이 없었다. 정욱은 그 진기한 재주에 놀라서 이런 하늘이 내린 재주가 있는데, 어째서 이토록 불구인 것인가, 만약 불구만 아니었다면 반드시 조정에서 유능한 사람이 되었을 것이라며 애석하다고 크게 그 불운을 한탄하였다. 부모는 근이 아무리 불구자라 하여도 성년이 된 이상 언제까지나 총각인 채로 둘 수 없다며 자식을 걱정한 나머지, 사람을 시켜 혼인 자리를 구하니 결국 그에게 시집오는 사람이 있었는데 이는 근이 불구자였어도 그의 집안의 명망이 높았기 때문이었다.

---

13) 원문에는 '彧'을 '或'으로 오기.

곧 임진壬辰 해가 되어 일본의 대군이 바다를 건너와 계림팔
도를 유린하였으니 근의 일가는 광주廣州14)의 묘산墓山이라는
곳으로 피난하였는데 일본군 한 부대가 이미 이 지방에도 밀
려들어와 있었다. 우연히 일본군 병사들이 근을 보고는 처음에
는 그가 사람인 줄 모르고 색다른 짐승인가 하고 놀랐다. 근은
잡히면 큰일이라 어떻게든 몸을 피하려고 용을 써서 괴수의
모습을 하고 틈만 생기면 도망치려고 했다. 병사들은, 자세히
그 모습을 보니 하나하나 기이한 것뿐이라 이를 붙잡아 진중
의 위안거리로 삼으려고 포위하여 생포하여, 경성에서 약 1리
반 떨어진 한강 연안의 제천정濟川亭에 있는 본진으로 보냈다.
본진의 대장이 이를 보고 그 괴이한 동물에 놀라 이는 인간인
것 같기도 하고 또 짐승인 것 같기도 하니 어느 쪽인가 하고
음식을 던져 줘 보기도 하고 혹은 울려 보자며 회초리로 때려
보았으나 근은 평소 성품이 굳세었기 때문에 조금도 무서워하
지 않고 태연하였다. 대장은 세상에 이런 신기한 동물도 다 있
는가 하고 굉장히 그를 신기하게 여기고 더없이 위안거리로
삼았다.

한 늙은 병사가 와서 이를 보고는 어째서 빨리 죽이지 않고
두는가, 이는 조선의 편전片箭을 잘 쏘는 자의 무리라 하니, 이

---

14) 원문에는 황주(黃州)로 오기.

를 들은 혈기 왕성한 병사들은 일제히 분노해서 검을 빼들고 베려는 자도 있었는데, 이를 본 대장은 서둘지 말라, 죽일 필요가 없다며 제지하였다. 밤이 되자 근을 대나무 우리에 가두어 도망가지 못하도록 하였는데, 어느 날 점을 잘 치는 승려를 불러 이 자가 무엇인지 점을 치도록 하였다. 승려가 봉卦을 짓고는 말하기를, 붙잡은 것은 곰도 아니요 호랑이도 아니니, 옛날 문왕文王이 여상呂尙을 얻은 것과 마찬가지로 무언가 색다른 것을 얻을 징조라 말했다. 이 길조를 듣고 대장은 크게 기뻐하며 그날부터 근을 정성껏 대우하게 되었으나 밤에는 여전히 우리 속에 가두어 두었다.

때는 7월 보름밤이었다. 둥그런 달이 동산 너머로 떠올라 북두성과 견우성 사이를 배회하는데 그 청광이 한낮처럼 밝아 한강의 물결이 길게 명주처럼 끌리며 금빛 파도가 떠돌고 이슬을 머금은 양안의 풀숲에서는 귀뚜라미 울음소리가 구슬프게 가을 소리를 들려 주었다. 너무나 쓸쓸한 이 밤, 홀로 가만히 우리 안에 앉아 있던 근은 만감이 교차하여 잠들지 못하고 무심코 하늘을 바라보며 길게 휘파람을 불었다. 그 소리는 천지의 공적空寂을 깨고 요요하게 울려 퍼졌다. 많은 병사들은 그 소리를 듣고 왠지 슬퍼져서 놀라 일어나 눈물을 흘렸다. 대장 또한 그 소리를 듣고는 조용히 고향 생각을 견디지 못하여 눈

185

물을 흘리기에 이르러, 병사를 시켜 대나무 우리를 열고 이근을 꺼내 주며 이 괴물은 대체 무어냐, 이토록 길게 휘파람을 부는 것도 신기하구나, 지난 번 스님의 점이 과연 맞는 것이 아닌가 하고 한편으로는 신기하기도 하고 한편으로는 미심쩍게 여기게도 되었다. 또한 근은 곰곰이 자신을 되돌아보기를, 이렇게 괴상한 몸으로 태어난 것이 일생의 수치인데다 지금은 적의 포로가 되어 굴욕을 당하며 죽는다니 인생만사 덧없다며 한탄하는 시간에 요행히 이 우리를 벗어나 다시 어머니를 만나보는 것이 상책이겠다고 결심하고는 그때부터는 마음껏 웃고 떠들며 적을 기쁘게 하여 우리에 대한 감시를 느슨하게 하도록 애썼다.

어느 날 대장은 근에게 술을 권하였다. 근은 주량이 센 편이라 술동이를 기울여 다 마셨다. 조금 있으니 취기가 전신을 돌아 흥에 겨워 초楚나라 곡조를 길게 읊으니 진중의 모든 사람은 그 노래의 의미를 몰랐어도 곡조가 왠지 슬프게 들려 깊이 감읍感泣하였다. 근은 또한 노래가 끝나자 일어나 춤을 추었다. 왼쪽으로 돌고 오른쪽으로 돌며 머리를 흔들고 눈을 굴리며 손뼉을 치고 발을 구르는 등의 모습을 보이니, 많은 병사들이 이를 보고 모두 박수를 치며 크게 웃었다. 잠시 후 근은 춤추기를 마치고 눈물을 줄줄 흘리면서 목이 쉴 정도로 통곡을 하

186

며 슬퍼하였다. 이 모습을 본 병사들은 또한 모두 함께 울먹였다. 대장이 근에게 너는 무엇이 슬퍼서 그리 우느냐고 물으니, 근이 붓과 먹을 찾아 팔순이 되는 노모와 오랫동안 떨어져 그 생사를 알지 못하기 때문에 이를 생각하니 울지 않을 수가 없다고 썼다. 이를 본 대장은 측은하면서도 감탄하였고 그 필적이 지극하게 아름다워 이 괴물이 하는 일은 모두 보통이 아니다, 만약 오래 진중에 두었다가는 반드시 요상한 짓을 일으켜 도리어 후회할 일이 있게 될 것이다, 그렇다면 두어도 무익한데 차마 죽이지 못하겠으니, 오히려 놓아 주자며 일단 다른 장수들에게 상담하였다. 다들 찬성하므로, 대장이 근에게 말하기를, 지금 네가 돌아가기를 생각하고 있으니, 네가 원하는 대로 해주려고 한다고 하였다. 근은 대장의 말이 과연 사실인지 의심하여 단지 지금 전쟁 중이라 길이 막혀 있어 어디로 가려해도 갈 수가 없으니 잠시 이 진중에 남아 있겠다고 하였다. 이 말을 들은 대장이, 그래도 말해 보거라 네가 간다고 하면 그 가는 방면으로 완전하게 보내 주겠다고 더욱 친절하게 말했다. 근은 한 시라도 빨리 이 진중을 떠나고 싶은 마음이 가득하였고 지금 대장의 말이 거짓이 아니라 친절에서 나온 것임을 간파하고, 실은 하루라도 빨리 강화江華로 가서 어머니를 찾고 싶은 마음이라고 정직하게 대답했다. 이에 대장은 진중에

187

포로로 붙잡혀 있던 조선인 네 명을 불러내어, 이 자를 강화까지 데려다 주고 너희들도 함께 머무르도록 하라고 말하고는 작은 배에다 양식을 많이 실어 강화로 보내 주었다.

『조선공론』 제1권 제3호, 1913. 6.

속담에 나타난 조선의 여자

● 고다마생(木魂生)

속담은 민중생활의 기조와 관련된 표어의 결정結晶이며, 또한 박자가 느린 풍속시風俗時의 일종이라고 할 수 있다.

우리들은 역사적으로 또한 전설적으로 새로운 동포인 조선의 여성을 정밀하게 연구할 자격을 갖지는 못했지만, 현재 조선 민중 사이에서 회자되고 있는 속담을 통해 그 여성을 만나보기를 시도할 수는 있다. 다만 우리들이 과문하기 때문에, 각각의 속담에 맞는 취미가 많은 사례를 인용하여, 말하고자 하는 바를 바로 가치 있게 전달 하는 것은 곤란하다.

딸 셋을 여의면 기둥뿌리가 뽑힌다

조선의 일반 사회에는 아직도 쓸모없는 유학사상이 뿌리 깊게 남아 있어 생활의 도덕적 전형이 더없이 엄준하기 때문에, 그 귀찮고 번거로움이란 이루 말할 수 없을 정도지만 그 이면을 관찰하면 모든 것이 배교적背教的 허위로 가득 차 있다. 중류 이상의 부녀는 대개 깊숙한 방 안에 갇혀 무위도식하며 살고 있으므로 일견 여존남비의 풍습인 듯 여겨지나, 실은 남자로부터 정조를 강요당하며 감금당해 있는 것이다. 한 번 다른 집안의 부인이 된 이상 이혼이 허락되지 않으며, 남편의 사망 후라 해도 재가는 금지되어 있다. 딸을 시집보낸 집에서는, 혹시라도 우리 딸이 저쪽에서 미움 받지는 않을까 하며 친정의 노고가 대단한 것이라, 아이를 낳아도 여전히 안심할 수가 없다. 그렇기 때문에 결혼 당시 친정에서 신랑에게 보내는 패물은 엄청나서, 딸을 셋이나 시집보내면 대부분의 가정의 재산은 이 때문에 사라져 버린다. 반대로 신랑 쪽은 큰 벌이를 하는 형편으로, 조선에서 아이라는 호칭은 남자 아이만을 의미하는 단어로 여자 아이는 전혀 포함되지 않는 것 같다. 여자 아이를 낳는 것은 극단적인 폐로 여겨지고 있다.

딸이 친정에 돌아오면 도둑맞은 것과 같다

한번 시집 간 딸이 시집에서 미움을 받거나 금령을 어겨 돌아오는 일이 생기면, 그 친정에서는 도둑이 든 정도의 소동이 벌어진다. 즉 연을 끊는 일이나 재가가 허락되지 않기에 아무리 많은 비용이나 뇌물을 써서라도 관계를 회복하지 않으면 안 된다. 그런 일로 재산을 축내는 것은 도둑을 맞는 것과 같다는 의미일 것이다.

하룻밤을 자도 만리장성을 쌓는다

허위의 정조가 중시되는 만큼, 그 반면에 지극히 비밀스러운 부정행위가 숨겨져 있다. 남편은 하룻밤을 외박하더라도 부인 주변에 대한 경계를 게을리하지 말라는 의미이다.

열 명 시아주버니는 밉지 않아도 한 명의 시누이가 밉다

일본에서도 시누이는 귀신 천 마리에 비유되는데, 조선의 신부에게는 좀 더 지독한 걱정거리를 의미하는 것이다.

인정에 겨워 동네 시아비가 열둘이라

라는 것은 다른 집 며느리의 문란함을 풍자하는 것으로, 저 며느리는 정이 깊은 성격이므로 남자만 보이면 들러붙을 것이라

는 뜻이다. 이혼이 절대로 불가능하기 때문에, 불의의 간통죄
도 많이 벌어진다는 사실을 입증하는 것이 아닐까.

미망인은 사후(死後)의 새색시

부인을 잃은 남자는 후처를 얻을 수 있으나 남편을 잃은 부
인은 재가할 수 없다는 사회적 철칙 아래 가혹한 대우를 받고
있는 부인은, 남편이 먼저 죽은 경우 평생 독수공방하는 산송
장이 되어야 하지만, 그에 귀중한 수단이 생겨나 지금까지 전
해지고 있다. 즉 젊은 미망인이 정인과 서로 미리 짜고 고의로
그 정인의 집에 유괴되는 것이다. 세간에서는 그 일을 알고 있
어도 '뭐야, 저 과부 도둑 맞았네'라며 엄하게 따지지 않는다.
이는 딸을 가진 집끼리는 서로 관례라, 말하자면 공공연한 비
밀에 속하는 것이다. 이렇다 하더라도 여전히 사회 표면상으로
는 재혼을 금하고 있는 점은 우스운 일이다.

솔개를 매로 보았다

중류 이상의 조선 부인은 외출할 때 꼭 장옷이라 하는, 일
본의 가즈키1)와 같은 천을 덮어쓴다. 이것도 남자에게는 얼굴

---

1) 피의(被衣). 헤이안 시대 이후, 귀부인이 나들이할 때 머리로부터 덮어쓰던 장옷.

을 보이지 않는다는 정조의 형식에서 온 풍속이지만, 얼굴이 보이는 부분에는 백분이나 입술연지를 발랐기 때문에 추녀도 미인으로 보이는 경우가 많았다. 남자가 그것을 야유하는 의 미이다.

남의 남편은 들락날락

밀실에 갇혀 밖에 잘 나가지 않는 부인에게는 남편과의 포옹이 가장 큰 위로이다. 가끔 남편이 여행이라도 떠나 그가 돌아오기를 기다리느라 지쳐 있을 때, 안방 창으로 내다보니 다른 집 남편은 집에 들락날락하고 있는 것이 원망스럽다는, 버림받은 부녀의 원한을 나타내는 정경이다.

영감이 죽은 딸네 집이라도 바라보듯

멍청히 서 있을 때 야유하는 말이다. 영감令監이란 남자의 존칭이다. 일본인에게도 쓴다.

딸의 굿에를 가도 자루를 들고 간다

이는 조선인이 욕심 많음을 일컫는 것으로, 딸의 굿을 무녀에게 부탁할 때조차 돌아갈 때 삯으로 공양물을 자루에 넣어 돌아간다는 것이다.

여자가 한을 품으면 오뉴월에도 서리가 내린다

여자의 질투가 맹렬함을 일컫는 것이다.

사돈이 말하는데 싸라기 엎지른 것까지 들춘다

사돈이란 신부와 신랑 양쪽 일가친척을 서로 칭하는 말인데, 이는 신랑 쪽의 친척이 신부의 결점을 찾을 때 하는 말이다.

때리는 시어머니보다 말리는 시누이가 더 밉다

며느리가 무당 흉내 내며 춤추는 것이 밉다
시어미 미워서 개 옆구리 찬다
등은 며느리와 시어머니와의 감정 충돌을 일컫는 것이다.

큰어미 죽으면 풍년 든다

에 이르러서는 극단적이다. 조선의 부인은 앞에서 언급했듯이 거의 일 년 내내 안방에서만 한가하게 지내며 공적인 장소에

나서지 않기 때문에, 성질이 점차 음습하고, 고집이 세지며, 매
정하고 무자비하게 변해 고부간 갈등이 끊이지 않다.

장난을 하는 것은 과부 집 수캐

이는 과부의 음란하고 방탕함을 비꼰 말이다.

사내가 필요하면 갈보가 되어라

갈보란 하등 창기로 별별집이라는 갈봇집에서 빈둥대다 손님을
맞이한다. 기생이란 수륙양성水陸兩性을 겸비한 예기 같은 것으로,
허세 가득 한 위기位記 같은 걸 갖고 있지만 매춘을 한다. 이 속
담은 정이 많은 처녀나 미망인들을 경계하여 타이르는 말이다.

한나라 조자룡처럼 잘 난 남자

라는 것은 조선인의 애독서인 『삼국지』에서 유래한 것으로,
공명, 관우, 장비, 유비, 조운 등 호걸에 대한 품평이 남녀 간
에 이루어졌는데, 일찍이 어딘가의 현명한 부인이, 조운이 미
망인을 물리치고 색色에 움직이지 않았던 점을 칭송하며 저런
남자의 부인이 되고 싶다고 말했다는 일화로부터, 조운은 조선

부인의 이상적인 남성이 된 것이다. 한가히 지내면서 안일을 탐하고 공상에만 빠져 있으면, 자연히 이러한 일종의 우상을 만들어내는 것이다.

잘난 계집은 못난 사내만 못하다

라는 속담은, 일본에도 같은 의미의 말이 있는데, 이것이 조선 부인에게 쓰이면 한층 재미를 더해 준다. 오랫동안 여성은 곱게 치장한 실내의 완구로서 교육받아 왔다. 똑똑한 여자가 있을 리가 없다.

　이 외에도 조선의 여성을 방불케 하는 속담은 많이 있을 것이다. 그러나 우리들은 위에 예로 든 속담만으로도 조선 여자의 생활 주변을 비교적 농밀하게 상상할 수 있다.

『조선공론』 제1권 제4호, 1913. 7.

조선 기담집

● 나루시마 아키유키

배우 영태(永泰)

지금으로부터 570년 전, 고려시대에 장사랑將仕郎 직에 있던 영태라는 사람은 배우의 장난을 매우 잘하여, 위아래 사람 모두 그 장난을 당해도 화를 내는 것이 아니라 결국에는 포복절도하니, 여기 그 장난 중 한 두 가지를 들어 보기로 한다.

한 해가 저물어 동짓달 중순, 어떤 절 경내에 용신龍神이 사는 곳이라고 옛적부터 전해져 오던 연못가에 뱀 한 마리가 나타났는데, 우연히 정원을 걸어가던 주지의 눈에 띄었다. 뱀은 모두 굴 속 깊이 들어가 겨울잠을 잘 이 시기에 굴에서 나와 노닌다는 건 너무나 이상한 일이라, 이는 용 새끼의 현신이 아닌가 하며 은혜로이 여기고 공손히 거두어 상자에 넣어 소중히 길렀다.

이를 전해 들은 영태는 예의 장난을 치고 싶어져서, 한 번 중을 놀라게 해 주자고 궁리를 했는데 그게 너무나 재미나고 웃겼다. 그는 옷을 벗고 온 몸에 오색찬란한 용의 비늘을 그리고 절을 찾아가, 먼저 문 옆에 옷을 벗어던져 두고 완전히 알몸인 채로 주지의 거처에 다다라, 밖에서 문을 두드리며,

"선사禪師 있느냐. 내 모습을 보고 놀라지 마라. 나는 못 바닥에서 오랜 세월 살고 있는 용신이다. 내 자식 중 하나가 초겨울의 따뜻함에 연못 밖으로 나가 놀다 잡혔는데 선사가 애호한다기에 그 덕에 감동하여 지금 온 것이다. 모某일 모某 저녁에 내가 다시 와서 선사를 맞아 용궁으로 데려갈 것이니, 기다리게 선사."

하고 말을 마치자마자 돌연 그 모습을 감추었다.

주지는 영태의 장난이라고는 전혀 깨닫지 못하고, 정말로 용신이 자신 앞에 나타나 말했다고 믿고는, 그가 말한 대로 모某일 모某 저녁에는 용궁에 가겠구나 하며 그날이 되자 몸을 깨끗이 씻은 뒤 성장을 하고 용신이 데리러 오기를 이제나 저제나 하고 기다렸다. 겨울날은 빨리 저물어 종소리가 사방의 숲에 울려 퍼지고, 잠시 후 천지가 죽은 듯한 적막에 빠졌을 무렵, 용신으로 분장한 영태가 갑자기 주지의 앞에 나타나, 앉아 있던 주지를 업더니 못가에 이르러,

"용궁에는 순식간에 도착할 것이니 삼가 눈을 감고 절대로 아무것도 잡지 말라."

고 하며 재빨리 주지를 연못에 던져 넣고 그대로 사라졌다.

날씨가 너무나 차갑고 날도 아직 밝지 않았는데, 그야말로 얼음장처럼 차가운 연못에 던져진 주지는 그야말로 당치 않은 화를 입었다. 몸이 거꾸로 떨어져 입 안의 진흙을 삼키며,

"용궁이란 이토록 괴로운 곳인가?"

이 지경에 이르러서는 조용히 정신을 모으고 눈을 감기는커녕 그 괴로움을 이기지 못하고 겨우 연못 기슭으로 헤엄쳐 나왔으나, 모처럼 차려입은 승복은 썩은 물 때문에 전부 더럽혀지고, 또한 다리에도 여러 군데 상처를 입었다. 더러운 옷을 벗고 따뜻한 물에서 씻고 상처도 치료하고 나니, 스스로 그 추태를 연출한 것이 부처님에게 새삼 부끄러워져서 이불을 뒤집어쓰고 누웠다.

영태는 아무리 장난이라지만 평소 친하게 지내던 주지를 속이고 연못에 던졌으니 이대로 모른 척할 수 없었으나, 그렇다고 해도 자신이 한 짓이라고 자백할 수도 없어서 어쨌든 상태를 보기 위해 이튿날 아침 아무 것도 모르는 척 찾아와 보니, 아침 해가 높이 떴는데도 주지는 아직 일어나지 않았다. '하, 중 녀석 어젯밤 꽤나 곤란했구나'라고 생각하며 주지의 침소에

들어가 주지가 누운 것을 보고,

"선사님, 무슨 걱정이라도 있습니까?"

하고 시치미를 떼며 문안 인사를 하니 뻔뻔하다.

주지가 영태에게,

"내가 말하기도 부끄럽지만 실은 이 절 경내 연못 속에 오래된 용신의 거처가 있다고 전해지는데, 그 용신도 나이를 먹으니 별 수 없는지 어젯밤 나타나서 나를 놀려먹었다. 용 새끼를 잡아 길렀는데 그 아비인 용신이 나타나서 용궁에 데려간다며 나를 연못에 던져 괴로웠다."

고 자세히 이야기하며 양 다리에 입은 상처도 보여 주었다. 자기가 그 장난을 친 영태는 이를 듣고 우스워서 견딜 수가 없었지만 웃지도 못하고,

"그것 참 정말 가엾기 짝이 없는 일입니다. 어서 쾌유하시기를."

라고 위로하고 물러갔다.

또 하나는 어느 날 충혜왕忠惠王[1]이 사냥하는 데에 따라갔을 때의 일인데, 그날도 딱 오후 두 시 경 어떤 강가에서 쉬고 있을 때, 왕은 영태에게 번번이 배우의 장난을 당해 웃음거리가 되니 오늘에야말로 선수를 쳐서 그를 골려 주어야겠다 하고, 갑자기 옆에 있던 영태를 물에 밀어 던져 버렸다. 어지간한 영

---

1) 고려의 제28대 왕(재위 1330~1332, 복위 1339~1344).

태도 이에는 다소 당황하여 물결을 헤치고 나와 젖은 옷을 짜지도 않고 그대로 태연하게 왕 앞에 앉았다.

왕이 물에 빠진 생쥐 같은 영태를 보고 웃으며 묻기를,

"네 어디로 무얼 하러 갔다가 어디서 오느냐?"

고 놀리니 영태가 주저 없이 대답하기를,

"신은 물 바닥에 가서 굴원(屈原)2)을 만나고 돌아왔습니다."

라고 즉답하였다. 왕이 또한 묻기를

"굴원이 너를 만나 뭐라고 말하더냐?"

하니 이에 대한 영태의 답은 한층 기묘하여,

"굴원이 말하기를 나는 어리석은 군주를 만나 세상이 탁하고 나 스스로도 탁하다고 탄식하여 결국 물에 몸을 던져 죽었지만, 너는 명군을 만났는데 왜 여기에 왔느냐고 하여, 과연 지당한 말이라고 생각하여 돌아왔습니다."

라고 진지한 얼굴로 대답하니, 왕이 그 말을 듣고 크게 기뻐하여 은으로 만든 병을 내렸다.

영태가 뛰어난 유희로 좋은 물건을 하사 받은 걸 본 우(虞)라는 시중드는 자가, 나도 한 번 저 흉내를 내어 상을 받아야겠다는 바보 같은 생각을 하고, 스스로 갑자기 강물로 굴러 들어갔다. 그 뜻을 모르는 왕은 실수로 빠졌다 생각하고 놀라서,

2) 굴원(屈原, BC 343년? ~ BC 278년?) 중국 전국시대의 정치가이자 비극시인.

"누가 저 자를 구해 주어라."

하고 함께 있던 자들에게 명했더니 모두 앞 다투어 우를 구해 내었다. 왕이 우에게,

"무사해서 다행이구나."

라고 위로하니 그는 아무렇지도 않은 얼굴로,

"신은 실수로 빠진 게 아니라 굴원을 만나러 간 것입니다."

고 대답했다. 왕은 마음속으로 이 녀석이 영태의 흉내를 내도록 둘까 보냐 싶었으나, 일부러 모른 척하며,

"그렇다면 굴원은 너에게 무어라고 하더냐?"

하고 물어보니, 우는,

"굴원이 아무 말도 안 해서 저도 아무 말도 않고 돌아왔습니다."

라고 대답하였다. 왕을 비롯하여 주변에 있던 모든 사람이 소리를 내어 크게 웃었다고 한다.

인과응보

옛날 하경청河景淸이라는 매우 가난하고 지체가 변변치 못한 자가 있었는데, 성질이 굳고 기상을 숭상하여 어떤 일을 결행함에 있어 주저하지 않았다. 일찍이 소년 시절에 친구인 송기

宋耆[3])와 함께 안주安州에서 그리 멀지 않은 영변寧邊의 산사에서 글을 읽은 적도 있는데, 이 산사는 관서關西[4]) 지방의 유명한 사찰로 많은 승려가 살고 있었다.

이때 영변에는 막대한 재산을 지닌 향리가 있었는데, 자식과는 연이 없어 아직 한 명의 아이도 얻지 못했다. 이에 산사에서 무차대회無遮大會[5])를 열어 남자 아이를 낳게 해달라고 기원하게 되었다. 도내의 승려는 말할 것도 없고 근처의 선남선녀들이 이 대회 소식을 듣고 앞 다투어 참회參會하겠다고 모여들어, 상당히 큰 규모의 대본당도 입추의 여지없이 꽉 들어 찼다.

드디어 내일이면 대회가 시행되는 전야, 본당에는 각종 제구가 놓여 있었는데 이 절에 기숙하고 있던 하河 소년은, 한가지 나쁜 장난을 계획하여 스님이나 시주 그 외 참배인들을 놀라게 해주려고 그날 밤 몰래 불상 아래 몸을 숨기고 있었다. 밤이 깊어 사람들이 물러가기를 기다렸다가 칼로 불상의 얼굴을 벗겨 눈동자를 빼내고는, 모른 척 하고 방으로 돌아가 잠이 들었으나 이 나쁜 장난은 같이 지내는 송기조차 추호도

---

3) 이 글의 출전인 『죽창한화(竹窓閑話)』(조선 중기에 이덕형이 지은 일화만록집) 원문에는 '송구(宋耈)'로 표기되어 있다.
4) 평안남북도
5) 일체 평등으로 재시(財施)와 법시(法施)를 행하는 대법회(大法會).

몰랐다.

밤은 깊어 열두 시를 지나 곧 두 시가 되려고 하였다. 시주인 향리는 많은 승려와 함께 목욕재계하고 새 옷으로 갈아입고 대회에 나설 준비를 하고 있었다. 잠시 후 종소리가 독경 소리와 함께 뎅-뎅- 하고 울려 퍼지며 산골짜기를 진동시키자, 본당에서는 재빨리 촛불을 밝혔는데 그 휘황찬란한 광명은 환한 대낮과도 같았다. 우러러 불상을 보니 지금까지 이상 없던 존체尊體가 웬일인지 벗겨져서 원형을 잃고 있었다. 수많은 승려들은 이를 보고 크게 놀라 끝내는 눈물을 흘리며 엎드려 울었다.

하는 송과 함께 그 후 일 년 정도 산사에서 글공부를 했으나, 그 나쁜 장난을 자신이 했다는 사실을 입을 다문 채 말하지 않았고, 후에 서울에 돌아갈 때 즈음에서야 이를 자백했다. 그 참을성의 대단함은 놀랄 만하다. 하는 학문에 재능이 있었으나 겨우 훈도訓導가 되었을 뿐, 평상시에는 술을 옆에 두고 색을 즐겨 탐하는 일이 많아 후에 학문을 버리고 무과武科에 올라 벽단첨사碧團僉使 직에까지 이르렀으나 오래가지는 못하였다. 관직을 그만두고 안주지방으로 유랑을 하였는데 어느 날 헛간에 불이 나 타 죽고 말았다. 학문에 재능이 있는 그가 불행히도 영달에는 이르지 못하고 결국 비명에 간 것은 실로 안

타까운 일이라 할 수 있지만, 그가 이러한 경우에 처해 죽음을 맞은 것도 필경 부처님의 인과응보일 것이라고 세상 사람들은 말한다.

『조선공론』 제1권 제4호, 1913. 7.

조선 기담집

● 나루시마 아키유키

도적의 참회

고려시대에 이방실李芳實이라는 이름 높은 장수가 있었다. 이방실은 그 용맹함이 견줄 이가 없을 정도로 뛰어났다. 젊은 시절에는 사방으로 여행 떠나기를 즐겨, 그 행선지마다 온갖 인물들과 만나 무용을 발휘한 진기한 이야기가 꽤 많은데, 그중에서도 한 도적을 혼내주고 참회시킨 이야기야말로 재미있다.

이방실이 아직 관직에 오르지 않았던 젊은 시절, 지금의 평안남도인 서해도西海道에서 노닐 적에, 어느 날 석양이 서산 너머로 떨어지고 땅거미가 어둑하게 깔려오자 조금이라도 빨리 마을로 가서 숙소를 잡아야겠다고 말에 박차를 가하며 갈 길을 서두를 때, 기골이 장대하고 난폭한 한 사내가 어디서부터인지 휙 하고 말 앞에 나타났다. 강한 이방실은 조금도 놀라지 않고 갑자기 나타난 그의 거동이 아무래도 수상하다고 여겨, 웬 놈이냐? 무슨 짓이냐고 하자, 그는 우선 입을 열어,

"젊은 무사님은 어디로 가십니까? 날도 저문 이 쓸쓸한 산길, 괜찮으시다면 함께 가겠습니다."

라고 말을 걸어왔다. 이방실은 내심 이 녀석은 필시 여행자를 괴롭히는 수상한 자라는 걸 알았지만, 무슨 짓을 할지 시험해 보자고 생각하고는 겉으로는 모르는 척 일부러 어조를 친절하게 하여,

"길을 잘 모르는 제가 마침 귀공을 만난 것은 신의 뜻이니 너무 기쁩니다. 마을까지 안내를 부탁합니다."

라며 길동무가 되어 함께 이야기를 나누며 1, 2정丁쯤 갔다. 그때 길 오른쪽에 비둘기 한 쌍이 둥지에 돌아가지 않고 먹이를 주워 먹고 있는 것을 보고, 같이 가던 사내는,

"저기 있는 비둘기를 단 한 대의 화살로 쏠 수 있습니까?"

라고 비웃듯이 물었다. 이방실은 속으로 이 녀석이 내 기량을 시험해 보려고 물어 봤구나, 뭐 이 정도쯤이야 하고 활을 들어 화살을 겨누어 쏘니 실수 없이 맞추었다. 뿐만 아니라 한 마리가 아닌 두 마리를 맞춰 잡았다. 어지간한 사내도 이방실의 비범한 기량에 혀를 내두르며, 이 젊은 무사는 생각보다 반응이 있구나, 멍청하게 당하지는 않겠구나 하고 속으로 중얼거렸다.

208

그런데 이건 또 무슨 일인가?

함께 가기를 반 리里 정도, 해는 완전히 저물어 늘어선 산 그림자가 옅고 검게 변하여 눈앞에 보일 뿐, 마을은 어디에 있는지 점점 더 멀어져서 불빛 하나 보이지 않았고, 적막한 산길을 가는 발밑도 점차 어두워졌다. 마침내 길이 분간이 가지 않게 되었는데 문득 길가 오른쪽 조금 높은 곳에 건물 같은 것이 망연히 보였다. 불빛이 보이지 않으니 빈집이겠거니 하고 다가가 보니 빈 절이다. 그를 혼내주기에는 안성맞춤인 절이라 생각한 이방실은 그 생각은 드러내지 않고,

"밤이 되었고 마을은 아직 머니, 길에서 헤매는 것보다는 하룻밤을 이 빈 절에서 보내는 것이 어떠한가?"

라고 동행한 사내에게 상담하니, 그는 이 지방 사람이라 지리를 잘 알기에 이 젊은 무사를 노략질하여 재물을 빼앗는 것이 내 목적이라면, 지금 바로 하룻밤을 이 절에서 보내자고 하니 더 없는 행운이라며 군소리 없이 동의했다.

사람이 살지 않는 곳이라 문이 고장 나 잠기지 않았고, 거미줄이 쳐져 있어 방으로 들어가려 하자 얼굴을 뒤덮는데다, 방 안은 어두워서 서로 마주보고 있는 코끝조차 알아볼 수가 없다. 잠시 어슴푸레 밝아지기에 문득 방 밖을 보니 우뚝 솟은 산과 하늘 사이로, 지금 막 달이 떠오르려고 한다. 이방실이,

내가 먼저 시작해서 혼을 내주는 건 재미가 없으니, 그가 시작하기를 기다려 혼을 내주어야겠다고 생각하고 있는데, 그가 좀처럼 시작할 기색이 없다. 나를 강한 자로 여겨 내가 방심하기를 노리는 것인가? 그렇다면 좋다, 그가 포착할 기회를 주겠노라 하고 자신이 차고 있던 활과 화살을 풀어, 일부러 그 사내에게 맡기며,

"나는 말을 보고 올 터이니, 잠시 기다리시오."

라고 말하고는 마당으로 내려가 말을 적당한 장소에 바꿔 매어두고, 자신은 몰래 뒷간에 숨어 그의 동정을 살폈다.

동행했던 사내는 이방실의 기량이 비범하다는 것을 알고 있었기 때문에, 함부로 행동을 개시하지도 못하고 허점이 보이기를 노린 것은 사실이다. 지금 막 다행히도 활과 화살을 자신에게 맡기고 빈손이 되어 나갔으니, 이 호기를 놓치면 안되겠다며 이방실의 뒤를 따라 가서, 말을 묶어두고 뒷간에 들어가는 것을 확인하고는, 드디어 내 수중으로 떨어지는구나 하고 기뻐하며 활에 화살을 메겨 목표를 정하여 날렸으나 반응이 없다. 이상하네, 못 맞췄나 하고 곧장 두 번째 화살을 쏘았는데, 이번에도 역시 아무런 반응이 없다. 그는 조금 초조해져서, 계속해서 세 번째 화살, 네 번째 화살, 결국에는 통에 든 화살을 전부 쏘았는데도 조금도 반응이 없다. 뒷간에서 훔쳐보던 이방실

은 그가 쏜 화살을 손으로 잡아 벽 사이의 틈에 끼워두고는, 화살이 다 떨어진 것을 헤아려 침착하게 뒷간에서 나왔다. 사내는 새삼 이방실의 비범한 기량에 놀라, 그 모습을 보자 도망칠 용기조차 안 나서 그의 앞에 헉 하고 손을 대고 엎디어 머리를 땅에 늘어뜨리고,

"이런 무용武勇을 지닌 분에게 무례를 범한 죄는 이제 와서 면치 못하겠지만 목숨만은 살려 주십시오."
라고 애원하는데, 그때의 모습은 마치 고양이 앞의 쥐와 같은 모습이었다.

이방실은, 내심 이 녀석은 지금까지 적지 않은 여행자를 괴롭혀왔을 것이다, 이대로 살려 두면 앞으로 또 참혹한 피해를 보는 자가 많을 것이니, 좋아, 죽여주겠다고 생각했다. 그러나 잠깐 기다려 보자, 이 녀석을 죽이는 건 너무나 쉬운 일이지만 죽이기보다는 오히려 몹시 혼을 내 주는 것이 낫다고 생각을 고쳐먹었다. 그리고 마당에 높이 우거진 한 나무의 밑가지가 매우 굵게 옆으로 뻗어 있는 것을, 손으로 꺾어 휘어다가 거기에 사내의 머리카락을 붙들어 매고 칼을 뽑아 사내의 머리 가죽에 둥글게 바퀴 모양으로 칼자국을 낸 뒤 머리카락을 붙들어 맨 나뭇가지를 놓으니, 가지는 전의 상태로 돌아가려고 점차 위로 향한다. 사내의 몸은 직립하여 양발의 끝이 땅에서 떨

어지지 않으려 하는데, 그때 몸의 무게와 위로 당겨지는 머리카락 때문에 바퀴 모양으로 잘려진 두피가 순식간에 피부에서 떨어져 나오니, 사내의 고통은 얼마나 크겠는가? 보통 사람이라면 그 고통을 이기지 못하여 아이고 아이고 하고 울기 시작했을 것이지만, 사람을 살상하는 것을 대수롭지 않게 여기는 사내는 또 달라서, 두 눈에서 뜨거운 눈물을 뚝뚝 떨어뜨리면서도 조금도 소리 내어 울지 않았다.

조금 지나 두피가 완전히 벗겨진 그 순간 어떠냐는 듯 몸이 땅으로 떨어졌고, 그 모습을 본 이방실은 기분이 좋아서 이렇게 혼내 두면 다시는 나쁜 짓을 하지 않을 것이라고 냉소하며 그 자리를 떠나 말에 박차를 가하였다. 마침 달이 산에서 떠올라 밝아서, 주변이 분간 가지 않던 밤의 어둠은 산기슭 저편 구석에 조금 남아 있을 뿐이었다. 이방실은 굽이진 오솔길을 더듬어 가다 어느 촌락이 나타나자 인가를 두드려 잘 곳을 청해 그 밤을 지냈다.

머리카락에 두피가 붙은 채 나뭇가지에 뽑혀버린 사내는 인사불성이 되어 땅에 쓰러져 있었으나, 조금 지나 그 상처의 아픔을 깨달아 의식을 되찾고 일어나니, 살은 모두 문드러지고 선명한 피는 얼굴을 타고 어깨로 뚝뚝 떨어져 흘러, 결국에는 옷까지 번졌다. 그가 그대로 달 아래 서 있는 모습을 누군가가 보았다면, 그 끔찍함에 얼마나 놀랐으랴. 그가 이렇게 된 것도, 이른바 자업자득이니 또 누구를 원망할 것인가. 예로부터 나쁜 죄악을 범한 자에게 현세에서 응보가 없다면, 미래에라도 반드시 응보가 있다고 함은 불자가 말하는 바이니, 이는 면할 수 있는 일이 아닌 것이다. 사내가 이토록 심한 꼴을 당한 것은, 지금까지 저질러 온 악업에 대해 현세에서 곧장 응보를 내린 것으로, 생각해보면 악업만큼 두려운 것은 이 세상에 없다.

그가 상의를 벗어 머리의 상처를 싸매고, 막대기에 의지해서 겨우 자신의 집으로 돌아갔을 때는 실로 한밤중이 되었다. 그는 그대로 잠자리에 들어가 베개를 베고 누웠지만, 머리의 상처의 아픔이란 이루 말할 수 없을 정도였다. 간신히 들어본 적 있는 응급처치를 해 봤으나 상처의 아픔은 조금도 사라지지 않았다. 어제도 지나고 오늘이 지나서 벌써 20일 정도가 지났다. 상처의 아픔은 조금 옅어져서, 때로는 잠이 들기도 했다. 방안을 어슴푸레하게 밝히는 등잔불 아래 누운 그는, 곰곰이 자신에게 일어난 일을 회상하다 온몸의 털이 곤두설 정도로 무서워져서, 아아, 지금까지 내가 저지른 짓이란 모두 죄악뿐이고, 나 때문에 돈을 빼앗기고, 결국에는 죽거나 다친 사람이 세상에 여럿 있구나. 이렇게 하여 나는 그 날 그 날을 영화롭게 보내고 있으나, 인간이 인간답게 사는 길에 있어 이러한 죄

악의 업을 행하라고는 옛 성인군자들도 가르치지 않았다. 군자
의 도에 등을 돌리고 이토록 죄악의 업을 행하여 오다, 우연히
도 저 젊은 무사를 만나 오히려 심한 손해를 입기에 이르렀으
니, 하늘이 악업을 혼내기 위해 인간의 손을 빌린 것임에 틀림
없다. 이제 와서 생각하면 생각할수록, 나는 무서운 죄악을 계
속해서 저질러 왔구나 하고 몸을 떨며 참회했다.

달이 지나 머리의 상처에는 새로이 살이 돋아나 완쾌했다고
할 수 있었지만, 그 흉터에는 머리카락이 한 올도 나지 않고,
단지 피부색이 희고 붉게 얼룩덜룩 매끈해져서 광택이 날뿐으
로, 그대로 노출하여 타인에게 보이는 것이 부끄러워서 항상
천으로 만든 두건을 썼다. 몸은 매우 건강했기 때문에 지금까
지의 악업은 꿈인 양 포기하고, 부지런히 괭이를 들고 농업에
힘써 삼십 여년 일심불란하게 정성을 다하였기 때문에, 자산은
점점 불어나기만 하였다. 그리고 결국에는 고향 근방에서 그와
비견할 만한 사람이 없을 정도로 부호의 신분이 되었으니, 구
악舊惡의 죄를 없애기 위해 가난한 사람을 가련하게 여기고 위
급한 사람을 돕는 등, 오로지 자선에 힘을 다함으로써 자연히
사람들에게 존경받기에 이른다.

한편 이방실은 만유하던 곳에서 나쁜 사람을 혼내 준 뒤 별
반 개의치 않았고, 세월이 흐름에 따라 거의 기억에서 사라졌

다. 이미 관직에 오른 몸이 되었으나, 무인으로서만 아니라 문학에도 조예가 깊은데다 재기가 뛰어나 자꾸만 승진하여, 만년에는 신하로서 가장 높은 위치에 이르러 조정에서 가장 중요한 사람이 되었다. 어느 해 관명으로 서해도에 갔다. 우연히 왕년에 그가 나쁜 사람을 혼내 주었던 산길을 지났다. 이미 염두에 없는 젊은 시절의 일을 문득 상기하고 한없이 감개무량하였다. 해가 지기까지는 아직 시간이 있었지만, 어떤 촌락에 도착하여 묵기로 하였는데, 그 숙소는 촌락에서 드물게 광대한 저택이라 기와집이 장엄하게 서 있고 남향의 위엄 있는 대문은 대관의 저택도 그에 미치지 못하니, 주인이라고 하는 노인은 나이가 예순도 되지 않은 것 같았다. 지팡이를 손에 들고 문 앞으로 나와 정중히 이방실을 맞아 객실로 안내하고, 신선한 바다 생선은 산 속이라 제공할 수 없었으나 자반과 소고기 닭고기, 직접 빚은 술로 가능한 한 환대하였다.

술자리가 무르익을 무렵 자리에 있던 주인이, 무슨 생각을 했는지 가만히 두 눈에서 눈물을 흘렸다. 문득 이를 본 이방실은 그 의중을 알 수가 없었지만, 너무 미심쩍어서 참지 못하고,

"이렇게 나를 환대해 주는 자리에서 주인이 우는 이유를 전혀 납득하지 못하겠소. 무언가 슬픈 일이 있어서 그런 것이오? 그 까닭을 이야기하여 들려주시오, 경우에 따라서는 도움이 될

수 있을 것이니."

친절함을 담은 그 질문에, 주인은 두 눈에서 흐른 눈물을 닦
고 코를 훌쩍이며 이야기하기를,

"귀한 손님 앞에서 눈물을 보인 것은 크나큰 무례이니 죄송
하기 짝이 없습니다. 그렇지만 여기에는 깊은 까닭이 있으니,
지금까지 남에게 얘기한 적은 없지만, 귀공의 친절한 물음에
대답하여 저의 신상을 이야기 하지요. 잠시 이를 들어 주신다
면 이 이상 없는 기쁨일 것입니다."

라며 자리를 함께 한 다른 사람들을 물러가게 했다. 이방실과
마주 앉아 이야기하기 시작한 신상이란, 대체 어떤 것일까?

"저는 젊었을 때에는 무익하게 무용을 믿고, 결국에는 악이
란 악은 아는 대로 행하였습니다. 그리고 많은 여행자를 죽이
거나 다치게 하고 많은 재물을 약탈하여, 도리에 어긋난 영화
를 탐닉하며 사는 것을 스스로 즐겼습니다. 그러나 하느님은
그 죄악을 오랫동안 맘대로 저지르지 못하게 하시어, 어느 날
말을 타고 온 용맹함이 뛰어난 젊은 무사를 만나 지독한 꼴을
당하고, 겨우 구사일생으로 저희 집에 돌아오기는 왔습니다만,
그 상처의 아픔을 치유하기까지는 많은 날이 필요했습니다. 병
상에 누워 있을 때 곰곰이 지난 죄를 뉘우치고, 다시는 사람을
죽이거나 해치는 것과 같은 죄업을 결코 단념하고, 완전히 다

216

시 태어난 기분이 되어 필사적으로 농업에 힘썼는데, 그 정성이 나타나 지금은 부자유함이 없는 신분이 되었습니다. 이곳에서, 죄장소멸罪障消滅을 위해서라고 생각하며 될 수 있는 대로 자선에 힘을 다하고 있었습니다만, 제가 이토록 본심으로 되돌아온 것도, 필경 그 젊은 무사에게 혼쭐이 나기에 이르렀기 때문으로, 젊은 무사는 저에게 있어 신과 같이 고귀하여, 한 번은 그 무사와 해후하여 내력을 이야기하고 감사의 말을 전하고 싶었으나 지금은 어디에 있는지 알 길이 없습니다. 회고하자면 이미 삼십여 년 전이지만 과거 죄악의 소행이 때때로 떠오르는 일이 있어, 그때마다 눈물로 소매를 적시며, 남몰래 한탄합니다. 지금도 귀공을 접대하면서 문득 그 일이 가슴에 떠올라, 무심코 눈물을 흘렸습니다."

당시 자신의 머리를 나뭇가지에 붙들어 매고 칼로 두피를 둥글게 베어, 결국 완전히 벗겨져버린 일도 상세히 이야기했다.

잔을 멈추고 듣던 이방실은 왕년에 혼내 주었던 나쁜 사람이 이 집의 주인이었던 것인가, 지금 그 사람의 집에 묵으며 얼굴을 마주보고 당시의 이야기를 듣는 것도 신기한 인연이라고 함께 이야기하며 그 기연奇緣을 푸념하였다.

『조선공론』 제1권 제5호, 1913. 8.

재조일본인이 본 조선인의 심상 1

『조선(만한)지실업』과『조선공론』의 조선문예물 번역집

초판 1쇄 인쇄 2016년 3월 23일
초판 1쇄 발행 2016년 3월 30일

편역자 김효순·임다함

펴낸이 이대현
편 집 이소정
펴낸곳 도서출판 역락 | 등록 303-2002-000014호(등록일 1999년 4월 19일)
주소 서울시 서초구 동광로46길 6-6(반포4동 577-25) 문창빌딩 2층(우137-807)
전화 02-3409-2058(영업부), 2060(편집부) | 팩시밀리 02-3409-2059
이메일 youkrack@hanmail.net
역락블로그 http://blog.naver.com/youkrack3888

ISBN 979-11-5686-311-3 94810
     979-11-5686-321-2 (전 2권)

정 가 13,000원

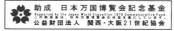
助成 日本万国博覧会記念基金
Supported by the Japan World Exposition 1970 Commemorative Fund.
公益財団法人 関西・大阪21世紀協会

본서는 정부(교육과학기술부)의 재원으로 한국연구재단
의 지원을 받아 수행된 연구(NRF-2007-362-A00019)임.